Über das Buch:
Die Erlebnisse der Helga Maria Schneider – das Frauenbuch, auf das man lange gewartet hat ...
Dies nun ist das ultimative Vermächtnis einer bislang völlig unbekannten großartigen Schriftstellerin, die genau den Ton getroffen hat, den die Frauenwelt bislang vermißt hat. Eine begnadete Geschichtenerzählerin, in einer unspektakulären, hinreißenden Einfachheit geschrieben – wahre Geschichten, die ohne Schnörkel daherkommen. Diese Frau hat ein ungewohntes poetisches Gewicht. Hier ein Satz aus ihrem neuen, ersten und deshalb so betörenden Buch: »Er meinte wohl, ich wollte ihn zu einem Inselsamos einladen! Falsch verbunden. Ich richtete mich zu voller Größe auf und drehte ihm den Arm um, bis es knackte. Dann setzte ich mich wieder. Der Kerl strich jammernd von dannen.«
Wo hat frau schon einmal so etwas Urtümliches, so etwas einfach Gerechtes gelesen? Nirgendwo. Doch bei Helga Maria Schneider fallen die Sätze wie Ohrlaschen aufs Papier. Durchdringend, selbstbewußt, streng. Ein Muß für die moderne Frau. Hier kann sie einiges an Schneid abgucken bei einer Koriphäe der emanzipierten Schreiberei. Kein Wort zuviel, keine Seite zuwenig. Das Einmaleins der »Femina emanzipa autonomika«.

Die Autorin:
Helga Maria Schneider; geboren 1951 in einer Großstadt. Studium bei Hanns Schleiner und Walburga Hodenstrips. Absolventin der berufsgenossenschaftlichen Gärtnereizunft zu Bern. 1992 Austritt aus der Ökumene.

Helga Maria Schneider

Eiersalat

Eine Frau geht seinen Weg

Kiepenheuer & Witsch

Mit schönen Zeichnungen von Helge Schneider

2. Auflage 1999

Umschlaggestaltung: Philipp Starke, Hamburg
Satz: Greiner & Reichel, Köln
Druck und Bindearbeiten: Clausen & Bosse, Leck
ISBN 3-462-02815-4

Vorwort

Viele meiner Schwestern sind in mancher Beziehung nicht sehr konsequent. Sie hadern. Vor allen Dingen in bezug auf ihre eigenen Männer, wenn sie überhaupt verheiratet sind. Sie lassen zuviel durchgehen, meiner Meinung nach. Wenn im Haushalt die Toilettenbrille mehr als einmal die Woche hochsteht, ist es ein untrügliches Zeichen dafür, daß der Ernährer ausgewechselt werden muß. Wie eine Glühbirne, die ihren Dienst erfüllt hat. Herausschrauben! Wegtun! Neue rein! Das ist immer meine Devise gewesen, meine Damen, denn sonst wäre ich ja nicht da, wo ich jetzt bin: In der totalen Unabhängigkeit. Ich gehe sogar selber arbeiten, und zwar als Lehrerin für Hauswirtschaft. Ich gehe natürlich verkleidet, um mir mein letztes bißchen Scham zu erhalten. Denn ich bin nicht nur ganz Frau, sondern ich bin auch clever. Das muß frau heute eben sein. Und nun wünsche ich allen viel Aufklärung, aber auch Spaß an meinen nun folgenden Aufzeichnungen. Aufzeichnungen einer ehemals gedemütigten, doch dann Erstarkten. Lesen Sie nebenbei auch das Spezialkapitel über Sachen, die frau eigentlich auch kann, nur hat ihr bis dato noch keiner gezeigt, wie es geht. Zum Beispiel: Glühbirnenaustausch (also auch Elektrik!).

Verdammt! Was fällt diesem Scheißtypen, wie mein Mann einer ist, ein, mich allein in Urlaub zu schicken! Ich saß im Flieger und ärgerte mich maßlos über diese Arroganz. Der feine Herr wollte mir damit seine Macht demonstrieren. »Hier, ich habe mal wieder Überstunden gemacht, damit du verreisen kannst! Ich kann leider nicht mit, denn für mich reicht das Geld nicht.« Eine jämmerliche Ausrede, finde ich. Er hätte sehr wohl mitgekonnt, dann wäre ich eben nicht mitgeflogen. Wenn frau wirklich will, geht alles.

Mein Zorn auf diese beschissene Kreatur war im Laufe der Jahre, die wir jetzt verheiratet waren, gewachsen. Dabei fing alles so schön an! Ich hatte ihn in der Stadtbücherei kennengelernt, er arbeitete dort als Bücherabstauber. Er sagte damals, meine schönen gelben Entenschuhe, die ich so gerne anhatte, würden ihm gut gefallen. Ich fühlte mich geschmeichelt. Dann ergab sich, daß wir uns zufälligerweise zwei Tage später in dem Wollädchen, wo frau seine eigene Wolle zum Knäuel-Wickeln mitbringen kann, wieder über den Weg liefen. Jetzt trug auch er gute Schuhe. »Hey, ich bin der Jürgen. Entschuldigung, daß ich dich anspreche.«

Ich war überrascht. Bis jetzt hatte sich noch nie jemand getraut, mich persönlich anzusprechen. Das gefiel mir, wenn ich recht überlege, schon damals nicht an ihm. Ich fiel wie ein aus dem Nest gefallener Vogel auf diesen Schwächling rein. Ein Feigling vor der Dame! Seine Familie wehrte sich mit Händen und Füßen gegen die

Heirat. Doch er ließ sich von mir überreden. Ich wollte mich schon damals emanzipieren und brauchte dafür einen Kerl wie ihn. Ich weiß gar nicht genau, warum. Er brachte auf jeden Fall alle Eigenschaften eines, wie ich glaubte, Mannes mit. Außer natürlich, er hatte diesen Makel – das kleine, ekelhafte Ding in einer ausgeleierten Unterhose. Und auch sein Bauch war alles andere als erotisch. Ich ließ ihn in der Hochzeitsnacht nicht ins Bett. Am nächsten Tag besorgte ich ihm ein Abonnement in einem Sportclub. Er sollte sich körperlich in Form bringen, damit frau auch was von ihm hat. Ein Trick von mir. Er sollte niemals meine Haut spüren. Er soll zahlen. Für immer. Und so heuchelte sich mir in der Kirche ein »Ja« ab. Was will frau machen, liebe Schwestern, schuld sind nicht wir an dieser Entwicklung, sondern doch die Männer selber, sie machen ja hierzulande noch die Politik! Noch – wohlgemerkt. Denn ein Umschwung ist in Sicht. Dank solcher hervorragender Koriphäinnen wie zum Beispiel: Rosamunde Pilcher, Liesel Westermann, Angela Merkel und auch Angela Davis. Nicht zu vergessen: Milva. Eine Frau, die allen Frauen Mut gibt, die genauso gut aussehen wie sie. Wie wir. Denn wir sind schön. Allesamt. Es gibt keine häßliche Frau, es gibt nur keine schönen Männer auf der Welt. Außer, wie ich feststellen werde, dort, wohin ich gerade in Urlaub fliege. Ich freue mich natürlich ein wenig und bin gespannt, was mich erwartet. Schade, für nach Kuba reichte das Geld nicht. Ihr werdet später, meine lieben Schwestern, noch herausfinden, was ich so schade finde.

Ich hatte wie immer, wenn ich fliege, dafür gesorgt, einen Flug zu bekommen, bei dem eine Frau der Flugkapitän ist. Einem Kerl hätte ich mich natürlich nicht anvertraut. Gerade in technischen Sachen ist eine Frau ja soviel natürlicher im Umgang damit. Da aber Frauen an vielen Stellen der Welt permanent gebraucht werden, war hier die Situation, daß nicht die gesamte Frauschaft des Boeingjets mit Frauen bestückt werden konnte. Ist ja klar. Also wurde ich von einem Mann in Uniform bedient, ein sogenannter Steward. Ein häßlicher Knilch mit schmalen Lippen und der Figur einer Schildkröte. Genauso langsam war er auch. Mein Sekt kam und kam nicht. Ich wurde langsam sauer. Als er dann endlich doch kam und mit ihm der Steward, legte ich wie aus Versehen das eine Bein so ungeschickt über das andere, daß meine schweren Wanderschuhe ihn unwiederbringlich verheerend im Schritt erwischten. Eiersalat auf jeder Ebene, meine Damen! Erstmals seit langem konnte ich wieder lachen. Was der Kerl für ein Gesicht machte dabei, ist unbeschreiblich. Fest steht, er hatte Schmerzen, und frag mich nicht nach Sonnenschein. Als ich mir den Typ jetzt so aus der Nähe betrachten konnte – wie er da versuchte, mit hoch ausgestrecktem Arm meinen Sekt zu retten und mit verzerrtem Antlitz auf dem Flugzeugboden rumrobbte – kam mir ins Bewußtsein, daß Gott nur geübt hatte, als sie den Mann erschuf! Ein Griff, und das Sektgläschen war meins. Drei, vier Schlucke, und ich war bester Laune. Als der lädierte Steward sich auch noch bei mir entschuldigte, hatte ich das Gefühl, daß mir das ganze Flugzeug innerlich applaudierte. Ein schöner Tag nahm seinen Lauf. Bald kamen wir auch auf der Insel an, und die hervorragende Kapiteuse setzte den Vogel behutsam auf der Landebahn auf, so daß wir ausstiegen voller Vorfreude und unser Gepäck in Empfang nahmen. Jetzt konnte der Urlaub beginnen.

Als ich auf der Landebahn stand, sog ich mit bebenden Nüstern die frische salzige Seeluft ein, und meine Haare kräuselten sich im Wind. Mit leichter Rötung im Gesicht stapfte ich munter drauflos, in Richtung Taxiterminal. Ich wollte mir zum Hotel ein Taxi nehmen, verzichtete jedoch nach eingehender Prüfung der Wageninhalte, denn es saßen nur männliche Fahrer vor den Steuern. Hier wird wohl in Zukunft etwas getan werden müssen. Aber ich bin ja in einem anderen Land und habe hier nicht soviel Einfluß. Auf jeden Fall ging ich die 12 Kilometer zum Hotel lieber zu Fuß, als daß ich meinen Stolz aufs Spiel gesetzt hätte. Denn mit einer Helga Maria Schneider ist schlecht Kirschenessen, das soll hier mal gesagt werden, wenn frau es nicht schon längst vermutet hat.

Das Hotel war hübsch. Ich konnte aus meinem Zimmer die offene See sehen. Ich stellte den Koffer um die Ecke und zog meinen Regenmantel aus. Man kann nie wissen. Auch den Selbstgestrickten streifte ich über den Kopf, öffnete die Wanderstiefel und war mit zwei Schritten nur noch auf Socken. Oh, die mußte ich wohl mal waschen. Eine meiner liebsten Tätigkeiten. Ich dachte, daß frau das nicht nötig hat, und schmiß sie weg, ich würde mir lieber neue kaufen. Soll der Hampelmann zu Hause ruhig bezahlen. Ich gebe zu, ca. 20 Paar Verschleiß im Monat ist nicht unbedingt üblich bei einem Menschen. Doch hatte ich Probleme mit meinen Füßen. Sie waren riesig, aber sie paßten zu mir. Es sind meine Füße, verdammt noch mal! Und das roch ich auch. Doch ein Fußbad im Meer würde Abhilfe tun. Ich zog mir einen hübschen Jägerrock in Midilänge an und huschte barfüßig aus dem Hotel raus über die Straße zum Strand. Als ich mit breit ausgestreckten Armen die Enden meines Selbstgestrickten umklammerte und die Fußsohlen im offenen Meer kühlte, entfuhr mir ein Jauchzer der Freude. Tränen rannen mir übers Gesicht, ich fühlte mich frei wie seit langem nicht mehr. Der Wind strich über meine Stoppelfrisur, und meine dicke, goldene Halskette hing überglücklich auf meinem Nacken. Wie von Geisterhand verdunkelte sich aber schnell der Himmel, und es wollte Abend werden. Ich verspürte jetzt auch einen kleinen Hunger. Es roch plötzlich lecker nach angebranntem Fisch. Auch vermeinte ich Salat zu riechen, der frisch mit Essig und Olivenöl übergossen worden war. Ich drehte mich um, und meine suchenden Augen erspähten wenige hundert Meter vom Strand entfernt ein Restaurant. Eigentlich hatte ich ja, um nicht zuviel Geld ausgeben zu müssen, vor, den Urlaub mit einer Schlankheitskur zu verbinden. Aber ich war ja gerade erst angekommen, und da kann frau ja mal eine Ausnahme machen. Ihr wißt ja, wie schwer es in Wirklichkeit ist, eine Abmagerungskur auch einzuhalten. Da riecht frau hier was Leckeres, dann da. Überall riecht es plötzlich nach Leckereien. Da ich zuhause in letzter Zeit oft dies und das gegessen hatte, mußte ich jetzt von einigen Pfunden wieder runter. Das heißt aber nicht, daß ich nicht zu meinem Körper stehen würde. Mein Körper, wie auch alles andere, was dazugehört, gehört mir! Das wird dem einen oder anderen Kacker der Sorte Mann bei dem Versuch, mich hier im Urlaub aufzureißen, wahrscheinlich übel aufstoßen. Natürlich werde ich mit meinen weiblichen Reizen spielen, um einem Anwärter auf meine Gunst mal so richtig eins auszuwischen. Ihm soll Hören und Sehen vergehen. Ich werde mit Sicherheit hier ein paar gehörige Fußabdrücke hinterlassen. Jawoll!

So, jetzt erst mal essen. Im Lokal mal wieder alles besetzt. Fast nur Kerle. Ein paar Miezen, wie ich sie nenne, die von mir nicht als Frau anerkannt werden: blond, schlank, niedlich. Jung. Sie strecken den ganzen Tag ihre Nippel in die salzige Luft, um abends von einem der Dorftrottel durchgefickt zu werden. Nicht mein Ding. Einer der Schwächsten machte freiwillig für mich Platz. Er stand auf und winkte mir, ich solle mich setzen. Im Handumdrehen saß ich auf seinem Platz. Der Kerl verdünnisierte sich aber nicht sofort. Einer, der aufdringlich werden wollte. »Hoffentlich fallen dir die Augen bald raus, du Ferkel!« Er verstand natürlich nur ein Drittel. Er meinte wohl, ich würde ihn zu einem Inselsamos einladen. Falsch verbunden. Ich richtete mich zu voller Größe auf und drehte ihm den Arm um, bis es knackte. Dann setzte ich mich wieder. Der Typ strich jammernd von dannen. Jetzt kam die Serviererin. »Bitteschön?« Sie sprach mich mit schlechtem Deutsch an! Woher wußte sie, daß ich Deutsche bin? »Bringen Sie mir einen Inselsamos, Kindchen. Und die Karte!« Viel später erfuhr ich, daß sie mich an dem Strickmuster

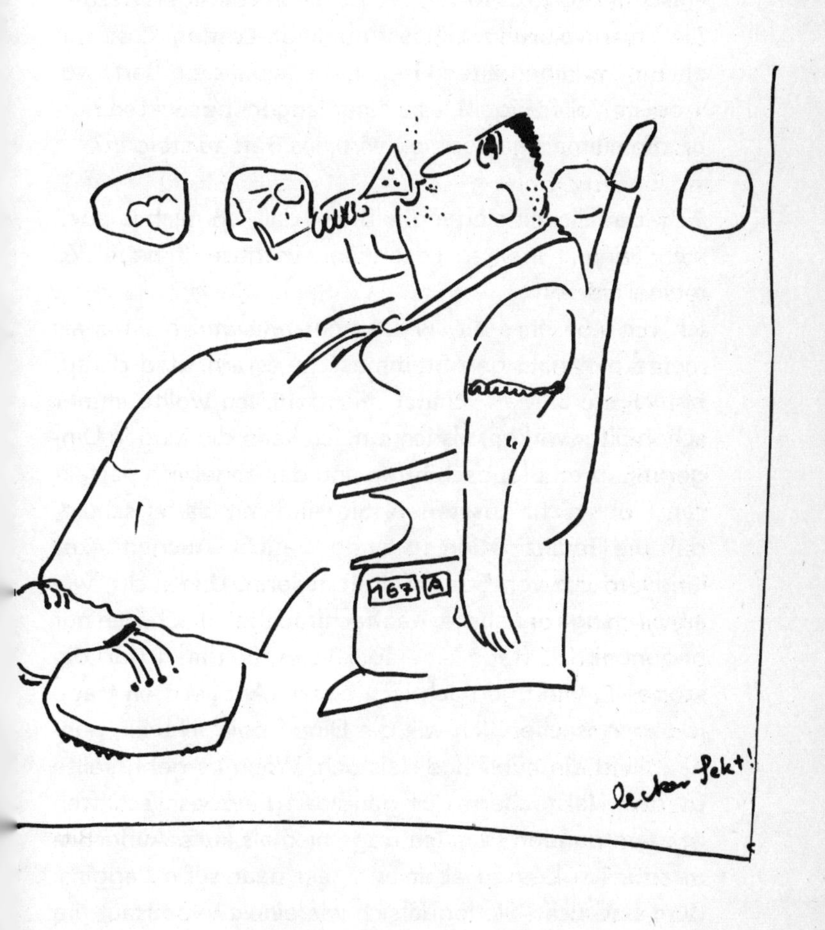
167 A
lecker Sekt!

meines Selbstgestrickten als Deutsche erkannt hatte. Es war verrückt, dieses Kind lernte Maschen auswendig. Ein netter Zeitvertreib. Überhaupt bemerkte ich, wie emanzipiert frau hier auf dieser Insel war. Die griechisch-orthodoxe Kirche treibt die Frauen geradezu in die Emanzipierung. Hättest du, liebe Leserin, Lust, mit einem buckligen alten Greis mit ellenlangem Bart, womöglich voller Eigelb, und einer langen, bestickten Kutte, die niemals gewechselt wird, ins Bett zu steigen?

Ach, da fällt mir siedendheiß ein, daß ich mich ja noch nicht einmal meinen Leserinnen vorgestellt habe! Zu meiner Person:
Ich bin 46 Jahre alt, wirke aber wesentlich älter als meine gleichaltrigen Stammesschwestern. Und darauf bin ich stolz. Man schätzt mich fehl. Ich wollte immer schon älter wirken, als ich bin, ich kann die jungen Dinger mit ihren Blondschöpfen und der angeblich perfekten Figur nicht ausstehen. Sie sind mit daran schuld, daß die Emanzipation so lange braucht. Auch im Ausland. Ich bin von Beruf Schriftstellerin. Und nicht, wie ich eingangs erwähnte, Kauffachfrau. Das mache ich nur nebenbei. Ich trage eine sportliche Kurzhaarfrisur, die stoppelig wirkt, je nach Lichteinfall. Am liebsten trage ich Lodensachen. Ich will die Dinge beim Namen nennen. Und ein hübsches Halstuch. Wenn es geht, sollte es den Halstüchern der gängigen Fluggesellschaften nachempfunden sein. Ich trage niemals kurz. Außer am Strand. Ich besitze aber auch ein paar süße Leggins. Bunt bedruckt. Sie legen sich wie eine zweite Haut um mein Bein. Schuhe müssen bequem sein, deshalb entweder Entenschuhe oder Wanderstiefel. Oder Sanda-

len mit ordentlichem Fußbett einer Bad Wörishofener Firma, deren Namen ich hier nicht nennen will.

Nachdem ich die Speise, die ich mir bestellt hatte, eingenommen hatte, wurde ich schnell müde und bewegte mich zum Hotel zurück. Dort ließ ich mich aufs Schlafgestell nieder und schlummerte, noch mit meinem Rock um die Hüften, selig ein. Die klare Nachtluft tat ihr Äußerstes, damit ich meinen wohlverdienten Urlaub auch gesund genießen konnte. Ich träumte, ich wäre Dirigentin auf einer Galeere. Ein schöner Traum. Zu schön, im Grunde genommen. Doch die kratzenden Geräusche, die ich auf einmal von nebenan hörte, waren kein Traum. Da schien sich bereits jemand für mich zu interessieren, glaube ich! Natürlich hatte ich vor, im Urlaub etwas zu tun, was meinen Mann rasend vor Eifersucht machen würde. Ich wollte mich eventuell mit einem Inseleinwohner einlassen. Ich hatte davon in vielen Frauenromanen gelesen. Und jetzt kratzt schon einer an meiner Wand. Die Prospekte hatten anscheinend nicht zuviel versprochen. Ich bewegte mich lautlos zur Tür. Ich hatte sie vor dem Einschlafen verriegelt. Jetzt mußte der Riegel selbstverständlich weg. Das Kratzen wurde lauter. Ich öffnete die Tür einen Spalt. Da schoß aus der Dunkelheit eine dicke Ratte herein und rannte mir über die großen Füße. Ein spitzer Schrei entrann meiner von Inselsamos aufgeweichten Kehle. Eine Ratte! Im Urlaub! Schaudernd und vor allen Dingen enttäuscht zog ich mich in mein lecker nach Würstchen riechendes Bett zurück. In dieser Nacht wurde ich noch oft wach. Ich hatte eine bis dato noch nicht gekannte Sehnsucht. Das Meer rauschte, und ich spürte eine Spannung in der Luft, die mir fast die Kehle zuschnürte. Sollte ich ihm bald begegnen? Innerlich wehrte ich mich gegen dieses Gefühl des Ausgeliefertseins. Zweifelnd verbrachte ich den Rest der Nacht halb aufrecht sitzend zwischen meinen Büchern, die ich mitgebracht hatte. Ich kann nicht beschreiben, wie erschöpft ich mir anschließend in dem kleinen Boudoir die Zähne putzte. Ich raffte mich trotzdem auf, um zum Frühstück pünktlich in dem dafür vorgesehenen, abgetrennten Bereich im unteren Teil des Hauses bei Tisch zu sitzen. Von einer Bedienung war weit und breit nichts zu sehen, also bereitete ich mir selbst einen kleinen Teller mit hervorragenden einheimischen Käsesorten wie Edamer und Mozzarella zu. Der Kaffee war allerdings nichts! Ich war allein, denn es war erst 5 Uhr morgens. Nachdem ich gefrühstückt hatte, putzte ich mir erneut die Zähne und ging an den Strand zur Morgengymnastik. Ein lauer Wind kündigte an, daß es heute mittag noch etwas Wellengang geben würde. Ich stand mit gespreizten Beinen fest im Sandboden und versuchte, mit den Armen eins der beiden Beine zu greifen, um meinen Körper dann vollends an dieses Bein zu schmiegen. Bei dieser Tätigkeit verspürte ich plötzlich einen brennenden Schmerz auf meinem Allerwertesten! Ich sprang aus dieser Haltung hoch und drehte mich noch im Sprung um. So konnte ich in letzter Sekunde einen dunklen Haarschopf erkennen, der hinter einer kleinen Düne verschwand. Ein, zwei Sätze, dann war ich an der Stelle, von der der unbekannte Täter mit einer Fletsch auf mich geschossen hatte! Das sah ich sofort, denn der

Kerl hatte aus Zeitnot die Waffe zwischen den Grasbüscheln liegenlassen. Ein Kinderscherz? Es mußte ein Kind gewesen sein, denn seine Fußabdrücke waren höchstens Schuhgröße 36. Ich hob die Waffe mit spitzen Fingern auf, sah mich dabei in alle Richtungen um. Ich war allein. Wo war der kleine Teufel so schnell hingehopst? Mein Hintern war an der Stelle schon blau angelaufen. Eine schöne Bescherung! Die Versicherung wird sich wahrscheinlich querstellen. Ich dachte daran, daß frau sich die Hälfte rückerstatten lassen kann, wenn der Urlaub nicht nach ihrer Fassong gewesen ist.

Wie dem auch sei, da ich niemanden in der Nähe entdecken konnte, ging ich am Strand spazieren. Meine Zehen umklammerten die Reste meiner Badelatschen, die ich schon seit über zwanzig Jahren mein Eigentum nennen konnte. Als ich so ungefähr eine Viertelstunde gegangen war, sah ich vor mir einen Steg auftauchen. Ich kam näher, und der Steg entpuppte sich als Anlegesteg einer Surf-Schule. Mit bunten Lettern war auf einem Pappschild der Name »SPIROS COSTAS SURFING-SCHOOL« gepinselt. Es war jetzt fast sieben Uhr, und der Namensgeber war damit beschäftigt, einzelne Surfbretter hintereinander zu stapeln. Ich konnte ihn von hinten sehen, zwischen den Brettern. Das war eigentlich keine schlechte Idee, warum sollte ich nicht meinen Urlaub mit dem Besuch einer Surfschule vervollkommnen. Und figürlich würde es auch etwas bewirken. Ich gab mir die Sporen und erklomm den schmalen Steg.

»Guten Tag, ich will bei Ihnen surfen lernen!« Der schwarzgelockte Hüne drehte sich um, und ich fiel auf seinen lockenden Blick rein, glaube ich. Auf jeden Fall dachte ich, daß das vielleicht der richtige Typ für eine

Paarungsaktion sei. Sein Deutsch war grauenhaft. Plötzlich rutschte mir sozusagen aus Versehen ein Latschen vom Fuß und landete im Meer. Der Typ dachte wohl, jetzt kann er sich richtig hervorheben mit einer totalen Rettungsarie, und hechtete aus dem Nichts ins brackige Wasser. Nach einem längeren Tauchvorgang stieß er triumphierend mit meinem Stinkelatschen in der einen Hand wieder an Land. Weil der Kerl so triefte, ging ich mal lieber auf Abstand und nahm meinen Latschen mit ausgestrecktem Arm entgegen. »Danke! Wie wärs mit einem Inselsamos?« – »Gutt! Kollega!« kam aus seinem schlechtbezahnten Maul. Hatte ich richtig gehört? Ich hatte ihn wohl zu einem Getränk seiner Wahl eingeladen. Nun gut, mein Geldbeutel war zwar nicht der dickste, aber einen Inselsamos konnte ich noch abdrücken. Da er aber noch den ganzen Tag arbeiten mußte, verabredeten wir uns um halb acht in der Kneipe. Damit meine Rechnung nicht zu hoch ausfiel, besoff ich mich schon mal in meiner Kemenate vor. Ich hatte ja immer ein paar Pappkanister dabei. Dann setzte ich mich ins volle Lokal.

Nach einer Weile ging die Tür auf, und der flotte Surflehrer kam rein, leicht o-beinig und nach Herrenparfüm stinkend, daß mir die Gläser aus meiner Lesebrille hopsten. Ich las gerade mal wieder Pilcher, ich dachte, der Kerl kommt später. Aber er hatte sich wohl beeilt, damit er schnell zum Zuge kommt. Dachte ich. Doch fehlgedacht: er laberte den ganzen Abend von seinen Sorgen, so zum Beispiel, daß die scheiß Surfbude nicht funktioniert im Winter und an seinem Moped der Vergaser, da war was dreckig, und der frißt soviel Sprit. Naja, der Kerl fraß auch einiges an Sprit, nämlich rund

drei Liter Inselsamos und dann, als der Wirt nichts mehr dahatte, auch noch Reste von den anderen Tischen, Landwein und so. Mich interessierte eigentlich nur, ob der Typ jetzt endlich mit in meine Hucke kommt! Aber nein, auf einmal stand er auf und wollte sich verabschieden. Also mußte ich andere Tricks ausspielen. Ich ging einfach mit in Richtung Strand. Da angekommen, warf ich mich in den nassen Sand und rief: »Fick mich, Spiros!« Er, nicht faul, machte sich umgehend an die Arbeit. Er stützte sich im Sand ab, die Haare auf seinen Armen verdeckten das Muskelspiel. Sein Antlitz war streng dabei. Er hatte den Mond hinter sich, ich sah nur eine Silhouette. Sie ging auf und nieder, ihr versteht! Seine Tolle hing ihm im Gesicht. Als er mal eine Zigarettenpause einlegte, nestelte ich mir heimlich mein Diaphragma raus und legte es zusammen mit der dazu benötigten Salbe in meine Einkaufstasche, die ich gefühlsmäßig immer dabei habe, falls ich mal über den Markt muß. Ich wollte ein Kind von diesem Ureinwohner. Sozusagen ein Andenken. Warum nicht.
Als der Morgen graute, war auch er grau im Gesicht, er hatte wohl zu tief ins Glas geguckt. Er sprang auf und kotzte in die Flut. Die armen Fische. Ich hatte mein Ziel erreicht. Jetzt hieß es nur noch, sich die restliche Urlaubszeit vor dem Kerl zu verstecken. Das gelang mir mehr recht als schlecht. Einmal lud er mich zu seiner Mutter ein, und ich erfuhr, wie die Frauen auf der Insel so leben. Die Lebensbedingungen sind dort anders als zu Hause. Allein die Luft macht müde, und wenn frau zum Beispiel sowieso Last hat mit Beinmüdigkeit, ist es manchmal eine unglaubliche Anstrengung, die Treppen und Stiegen zu den einzelnen in die Berge gehauenen

Häusern zu gehen. Auch Wasser holen ist furchtbar. Doch die Frauen dort sind zäh. Aber nicht nur hier, sondern überall sind Frauen zäh. Frauen sind zäh, jäh, jäh, jäh! Das wäre ein Song für die Beatles gewesen! Haha!

Nein, wie köstlich! Ein richtiger Eselskarren! Spiros hatte wirklich Phantasie! Welch eine Idee, mich mit einem Eselskarren abzuholen! »Staaaich aii!« Gerne stieg ich ein. Der Esel wollte aber nicht losgehen. Spiros holte mehrmals mit der langen Peitsche aus. Das Tier war nicht mehr von der Stelle zu bewegen. Ob es auch was gegen mich hatte? Nachdem wir ungefähr eine Viertelstunde auf dem Kutschbock gesessen hatten, entschieden wir uns, abzusteigen und den Weg zum Haus von Spiros' Mutter zu laufen.
Ich war neugierig, diese Frau kennenzulernen. Als wir schon zehn Meter von dem Eselskarren entfernt waren, lief das dumme Tier plötzlich los. Natürlich in die verkehrte Richtung. Kein Wunder, es war ein Hengst, wie ich mich mit einem geschulten Blick vergewisserte. Na ja, Humor ist, wenn man trotzdem lacht.
Das Haus lag breit in der Abendsonne. Wein rankte über seine Dächer. Auf dem Giebel saßen Tauben. Schon von weitem hörten wir das ausgelassene Lachen einer emanzipierten Landfrau, die ihre Kinder ohne Mann aufgezogen hatte. Beim Näherkommen gab der Torbogen in der mit Feldspat aufgetürmten einfachen Mauer die kleine Gesellschaft frei. Ein Hallo und Fröhlichkeit ohne Zwang strömte uns entgegen, als sie uns bemerkten. Nacheinander stellte mir Spiros alle Fami-

HOTEL
Schön!
Urlaub!

lienangehörigen vor. Bunt waren ihre Trachten, hell und klar ihre Augen, und ich glaube, ich hatte bis dahin noch nie solch freundliche Leute gesehen. Dazu der süßlich-herbe Geruch von Wicken. Die kleine Mauer um das Grundstück war über und über von Wicken übersät. Wir tranken den herrlichsten Wein, den ich jemals in meinem ganzen Leben getrunken hatte. Und dann die lekkeren Speisen, alles war wieder so richtig schmackhaft, die Salate waren mit Olivenöl und Balsamicoessig angemacht, und der zarte Lammbraten war wunderbar kroß. Als Spiros' Mutter für die Gesellschaft eine kleine Rede hielt, konnte ich beobachten, wie sie mir einen schwesterlichen Blick zuwarf. Diese Frau hatte bereits einiges erlebt, und wir waren uns noch nie begegnet, doch hatte ich irgendwie sofort das Gefühl, wir würden uns schon lange kennen und verstehen. Ich sah Spiros an. Er erwiderte den Blick. Oh, wie schön der Abend noch wurde. Es wurde getanzt, getrunken, erzählt. Leider konnte ich nichts verstehen. Aber wie es manchmal so ist, brauchen Menschen nicht immer Worte, um einander geistig näher zu kommen.
Bisweilen genügt schon die Tatsache, daß Menschen einen identischen Geschmack haben. So war es bei Spiros' Mutter und mir. Sie trug dieselbe Art von Midi-Kostüm, wie ich sie so gerne mag und anziehe. Spiros hatte ihr, wie er mir sagte, schon von meiner Vorliebe zu Midi-Kleidern erzählt. Einmal zeigte sie ermunternd auf ihren Rock, so, als wolle sie sagen: Auch ich mag Midi! Überhaupt, sie war eine tolle Frau. Wenn ich darüber nachdenke, ob ich jemals eine Art Vorbild gehabt habe, fällt mir nichts ein. Aber diese Frau, die ich gerade erst kennengelernt hatte, konnte ein Vorbild werden. Ich

wußte ja noch nicht, wieviel Schmerz ihr das Schicksal kurz nach diesem unvergeßlichen Abend noch zufügen würde. Und so tanzten wir ausgelassen bis ins Morgengrauen um das kleine Feuer, das Spiros mit soviel Geduld lediglich mit einem Stück Holz und einem Stück Bast entfacht hatte. Als ich dann mit ihm nach Hause ging, meinte ich, eine Träne in ihrem Antlitz gesehen zu haben. »Kalimera.« Mehr brachte ich beim Abschied nicht über die Lippen.

Ich bin mal gespannt, wie die Wohnung aussieht, wenn ich nach Hause komme. Die Blumen, das weiß ich jetzt schon, werden sich in einem jämmerlichen, unreparablen Zustand befinden. Und auch der Fußboden. Wie hatte ich gepredigt und gepredigt noch und nöcher! Und damit kokettiert er auch noch. Es gibt glaube ich keinen Mann auf der Welt, der so liederlich den Abwasch macht wie mein Mann. Die verkniesten Tellerränder verfolgen mich sogar bis in meinen malerischen Urlaubsort. Verdammt, ich werde es ihm immer und immer wieder heimzahlen, daß er sich für mich entschieden hat und mich damit hilflos dem Spott der Gesellschaft ausgeliefert hat. Wie ich diesen Mann hasse. Es ist nicht zu beschreiben, was sich in mir abspielt, wenn ich an ihn erinnert werde. Und jetzt war es soweit, ein Anruf aus Deutschland! »Hör zu, ich finde die Autoschlüssel nicht! Hast du sie mitgenommen? Dann nehme ich einen Leihwagen, denn ich muß Bernd vom Flughafen abholen, wir werden am Wochenende zusammen zum Oldtimerrennen fahren.« Das kann ja wohl nicht wahr sein. Während ich hier in der Sonne brate und vor Langeweile umkomme, müssen die feinen Herren ihrem Hobby nachgehen. »Weißt du, das interessiert mich nicht, Georg! Wenn du den Schlüssel verlegt hast, ist das noch lange keine Legitimation, daß ›man‹ sich für viel Geld einen Wagen mietet. Und ich werde nicht noch mein Gepäck durchsuchen, denn ich habe ja wohl nichts damit zu tun. Außerdem: Was machen die Blumen?« Am anderen Ende der Leitung klang es wie ein verstecktes Schlucken. Natürlich, vergessen! »Das kann doch wohl nicht wahr sein, du egoistischer, selbstzufriedener Scheißtyp! Die Blumen! Vergessen, was denn sonst?! Und ich sehe nicht ein, daß ich nachher hingehen muß und deine Scheiße auch noch wegmache! Laß dir was einfallen! Und es wird kein Auto gemietet! Und das Oldtimerrennen fällt auf jeden Fall flach! Wenn ich erfahre, daß ihr doch entgegen meinen Anweisungen dahingefahren seid, kannst du dich auf was gefaßt machen!« Dann knallte ich aus verständlicher Wut den Hörer auf die Gabel.

Ich war sowieso schon auf Hundertachtzig wegen des Scheißwetters. Seit zwei Tagen regnete es in Strömen. Ich ging trotzdem spazieren, weil ich es nun in meiner kleinen Kemenate nicht mehr aushielt. Stramm zog ich meinen mitgebrachten Südwester ins Gesicht und schlug den Mantelkragen hoch. Die Insel war so was von langweilig, daß ich daran dachte, mit der Fähre mal ans Festland zu fahren. Vielleicht war dort das Wetter besser. Ich löste ein Carnet für die Überfahrt. Von weitem sah ich, wie Spiros – zum Glück sah er mich nicht – seine Kacksurfbretter stapelte. Ich überlegte, ob ich ihn mir noch einmal vorknöpfen sollte. Aber eigentlich hat frau das ja nicht nötig. Außerdem war es sehr anstrengend, seinem dämlichen Liebesgequatsche aus dem Weg zu gehen. Die Typen sind doch alle gleich. Kaum reicht frau ihnen den kleinen Finger, meinen sie, sie könnten auch den Rest besitzen. Auf der kleinen Fähre konnte ich mit Vergnügen zusehen, wie lauter eingebildete Fatzkes plötzlich anfingen zu kotzen! Der starke Seegang war wohl nur was für gestandene Weibsbilder, wie ich es bin. Mit Stolz nahm ich zur Kenntnis, daß ich die einzige Passagierin war, die nicht ihren Mageninhalt dem Meer übergab. Mit einem Schmunzeln auf dem Gesicht, das nun wettergegerbt wirkte, begab ich mich an Land. Paradiesisch! Diese Bucht hatte etwas von Gauguin. Palmen und Blumen. Ein Vogel kam und hackte wild auf den Stamm einer der Palmen ein. Ein Kolibri, der kleinste Vogel der Welt. Sein Flügelschlag ist nur noch zu schlagen von den albernen Bemühungen meines Mannes beim Poppen. Na ja, anfangs hatte ich es einmal zugelassen. Ich Arme. Ein ekelhafter Schweißgeruch umgibt diesen Mann. Er sagt, es kommt vom Arbeiten. Aber was tut der denn Besonderes? So Typen sitzen doch nur ihre Zeit ab und werden dann auch noch dafür bezahlt! Dann schleichen sie nach Hause, und die ganze Zeit wird Fernseh geguckt, bis die so müde sind, daß sie nicht mehr fähig sind, ihre Frauen zu befriedigen. Das muß einmal gesagt werden. Zum Glück gibt es ehehygienische Gerätschaften, davon kann frau nicht genug im Haushalt haben. Oder, wie gesagt, gut tut auch ein kleiner Urlaub in Griechenland oder Kuba.

Mit der Straßenbahn fuhr ich in die Stadt. Hektisches Treiben umgab mich, und emsige Bemühungen, mir entweder die Türen aufzuhalten oder mir meine Tasche zu tragen, gingen mir dermaßen auf den Sack, daß ich dem nächsten Anwärter auf meine Gunst auf jeden Fall einen ganz gemeinen Kopfstoß geben würde. Und da kommt er schon. Ein turbanbedeckter älterer Herr mit faulen Zähnen fuchtelt vor meiner Nase rum und will mir eine Treppe mit nur zwei Stufen hoch helfen! Zum Glück hat niemand gesehen, wie ich ihm den Kopfstoß versetzt habe, mit blutunterlaufenen Augen sackte er vor mir in die Knie und übergab sich, dann verdrehte er unnatürlich seinen Hals und sank röchelnd zur Seite. Ich schob ihn mit der Einkaufstasche, die er wohl gerne getragen hätte, voll mit seinem Gesicht in die Kotze und räusperte mich kurz, bevor ich, ein Liedchen vor mich hinsummend, weitertrabte. Ich drehte mich nach ein paar Metern um, da hörte ich schon den Krankenwagen. So wird's gemacht, meine Damen.

Im übrigen sollte jede vernünftige Frau, die etwas auf sich hält und in dieser von Sesselpfurzern verwalteten Welt einen gehörigen Eindruck hinterlassen will, Kampfsport in hohem Maße betreiben. Am besten geeignet ist Jiu-Jitsu oder der Kampf mit der Kralle, eine fernöstliche Spezialität, die eigentlich verboten ist und gerade deshalb viel Erfolg hat, weil Mann so etwas von einer Frau nicht erwartet. Dabei wird die rechte Hand zu einer Hühnerkralle geformt, und auf keinen Fall wird diese Form wieder gelöst, es muß stahlhart sein. Es erfordert lange Übung, dann erst kann frau ihren Wunschgegner (evtl. den eigenen Mann!) zerstören. Die

auf'm Hotelbett.

Kralle ist in »falschen« (also richtigen!) Händen eine tödliche Waffe! Frau bohrt sie mit einer Hackbewegung in die Schlagader des Peinigers und drückt feste zu. Dabei sind beide Beine gespreizt und müssen festen Halt am Boden haben. Die andere Hand, der andere Arm, sind also ohne Aufgabe. Damit kann frau dann zusätzlich noch evtl. Augen ausstechen, Punkt ziehen (frau nimmt Nase des Mannes zwischen angewinkelten Zeigefinger und Mittelfinger, verdreht dann die Nasenspitze erst nach rechts, ganz weit, dann nach links!) oder einfach schon mal den Leichenwagen rufen. Wenn frau nicht unbedingt töten will, sollte sie jedoch auf diese Kampfart verzichten oder sie zumindest abschwächen. Obwohl das für mich persönlich, wenn es einmal so weit kommt, nicht in Frage kommt. Die moderne Welt ist, gerade, weil die Medien so fortgeschritten sind, für die heutige Frau immer noch eine Gefahr. Und diese Gefahr geht ausschließlich vom Manne aus. Also ist eigentlich jeder Mann ein Feind. Es gibt aber auch Ausnahmen. Zum Beispiel: Männer wie der Politiker Friedrich Schiller, der glaube ich ganz in Ordnung war. Oder wichtig ist auch der Installateur, der ins Haus kommt, um den stinkenden Abfluß zu reinigen. Da sollte frau gar nicht erst mit anfangen, dafür haben die Typen ihr Diplom. Aber das ist dann auch schon alles. Sobald solch eine Dienstleistung vollbracht ist, gehört der Typ weg, und zwar sofort. Nicht den Fehler machen wie Oma, Tasse Kaffee hinterher, dann will der nachher noch eine. Dieses Schwein! Den Kaffee wegtrinken wäre ja noch nicht so schlimm. In Wirklichkeit will so ein Arschloch nur gucken, wie frau so figürlich gebaut ist. Deshalb nimmt er sich gerne Zeit. Er guckt uns auf den

Hintern und auf die Brustpartie! Nicht selten sind des früheren Frauen auf so miese Typen reingefallen und haben mit ihren Reizen so lange gespielt, bis dann der Klempner am Ende keine Wahl hatte und auf sie losging! Diese Ausnahmesituation hat Frau eigens und allein sich selbst zuzuschreiben. Also hier noch mal mein Tip: Bloß kein Bein zeigen, und nach getaner Arbeit muß der Kerl raus.
Ich komme später aber nochmal auf dieses Thema zurück, es gibt nämlich eine Möglichkeit, wie frau selbst kleinere Klempnerarbeiten bewältigen kann. Es ist sowieso viel billiger, und das ist ja auch wichtig. Diese Preise steigen genau so wie die Pillemänner, nämlich da, wo sie nicht sollen. Ihr müßt den harten Schreibstil entschuldigen, aber ich stehe für Millionen anderer Frauen, die sich nicht trauen, zu sprechen.
Die Wahrheit ist eben keine langstielige Rose, meine Damen.

War der Ärger über die männliche Bevölkerung der Erde jetzt mal wieder in mir fast übergekocht, so nahm ich nun um so mehr mit Freude zur Kenntnis, daß in der Stadt zufällig heute ein Frauen-Film-Festival stattfand. Plakate wiesen darauf hin. Ich hatte bis 16 Uhr noch etwas Zeit, also machte ich ein paar Besorgungen auf dem Markt. Ich hatte ja wie immer meine Einkaufstasche dabei. Ach, wie gern hätte ich mit den Marktfrauen über ihre Probleme geplaudert, doch ich war ja ihrer Sprache nicht mächtig. Um eine Selleriestaude zu kaufen, mußte ich die tollsten Verrenkungen machen, bis die Gemüsefrau endlich verstand. Hier auf dem Markt trugen alle Frauen Kopftücher. Ich denke, frau muß sich nicht mit etwas bedecken. Frau ist ohne Bedeckung auch was wert. Doch dann merkte ich, die Frauen dort trugen die Kopftücher, weil es zur Marktfrau als Berufskleidung gehört. Darüber hatte ich noch nicht nachgedacht. So lernt frau auch in fortgeschrittenem Alter noch was dazu. Trotzdem, ich versuchte, einer der Marktschreierinnen ihr Kopftuch vom Kopf zu zerren, um dadurch ihre Gesichtszüge besser zu erkennen, und ich wollte ja die Frauen in diesem Land auch studieren. Diese Frau aber gab ihr Tuch nicht für alles in der Welt her. Mit beiden Händen hielt sie es an ihrem Kopf fest, so daß mir die Finger schmerzten. Ich knibbelte lediglich an der Stirnseite ein wenig Stoff aus dem Tuch. Zunächst sehr erbost ob meiner Eigenmächtigkeit, kam ich hinterher mit ihr ins Gespräch. Unser Thema war Ausbeutung der Marktschreierinnen und Kinderkriegen ohne Hebamme. Dieses Thema war für mich sehr, sehr interessant, da ich ja jetzt eine Schwangerschaft vor mir liegen hatte. Ich hatte es schon vergessen. Und plötzlich bekam ich Zweifel. Auf einmal verspürte ich unbändigen Appetit auf saure Gurken. Ja, ich konnte es kaum glauben – das, was die Leute immer so erzählen, stimmt! Ich verabschiedete mich von der Marktschreierin und stapfte meiner Wege, nicht ohne vorher ordentlich lange Finger gemacht zu haben, ich klaute jede Menge Obst und Gemüse. Ich steckte das Zeug unter meinen Schottenrock und in den Büstenhalter. Am Hähnchenstand nahm ich mir einen halben Hahn und versteckte ihn unter meinem Hut. Oh, wie war das kalt, er war ja gefroren. Hoffentlich bekomme ich keinen

Kreislaufkollaps. Mir war ganz schwummrig. Ich hatte dermaßen viel geklaut, daß ich mich richtiggehend abschleppte. Mit den ganzen Klamotten auf das Frauenfilm-Fest? Warum eigentlich nicht. Und ich war nicht die einzige, die mit Geklautem kam. Es gab auch noch andere Schwangere. Ha, diese Frauen hatten die Gesetzestexte aufmerksam gelesen, das machte mir Mut. Mut auf eine neue Welt. Wenn Frau schwanger ist, ist es ihr erlaubt, zu klauen (vergl. § 218 StGB). Die ehrenwerten Politiker haben da etwas falsch verstanden. Sie denken, frau wäre in der Schwangerschaft bekloppt. Das ist auch wieder so eine typisch männliche Schweinerei. Die sind doch selber alle bekloppt! Guck sie Dir doch mal an, diese geistigen Pisser mit ihrem verdammten Geschlacker zwischen den viel zu kurzen Beinen. Ba! Mein Kommentar.
Der erste Film hatte es in sich. Schwarz-weiß, ein Film über Gefängnisinsassinnen in Alaska. Hier wurde deutlich gemacht, daß die Frauen viel mehr Prügel bekommen als die Männer in den Knästen. Eine schockierende Aufzeichnung. Dann wurde es lustig. Dick und Doof, aber von Frauen für Frauen. Ohne diesen dämlichen Humor. Die Themen waren: die Friseurin, die ihren Meistertitel einklagt, die Schwimmvereinigung legt neue Statuten fest zu Gunsten der Frau, Babys werden von Männern gewickelt (ich habe mich total kaputtgelacht: die können das gar nicht!) und der schönste Beitrag war, wie eine Frau auf dem Standesamt ihren Zukünftigen entläßt, denn sie ist Chefin der Firma, wo der Mann putzt. Aus der Heirat wird natürlich nichts, das sollte nur ein Spaß sein. Wenn er diesen Spaß nicht versteht, da kann die Frau nichts dafür. Höhepunkt: der Mann

hängt sich auf. Tosender Beifall von einer frenetischen Masse emanzipierter Frauen, wie ich sie in dieser Anzahl noch nicht erlebt habe. Dann war Schluß. Ich hatte auch genug gesehen. Außerdem kam meine Fähre, und ich mußte mich sputen, auf mein Inselchen zurückzukommen. Dort angekommen, ging ich sofort zu Bett. Ich war müde wie eine Hündin. Gute Nacht.

Ich sah Spiros noch ein, zwei Male. Er wunderte sich sicherlich, daß ich ihn nicht grüßte. Wie war das noch mit der Glühbirne, die ausgewechselt werden muß? Am Tag meiner Abreise stand er weinend unter meinem Fensterbrett und hatte eine Gitarre um. Leider waren seine Gitarrenkünste total beschissen, so daß ich die Polizei wegen ruhestörendem Lärm rief. Sie rissen ihn in ihr Polizeiauto, und ich sah noch, wie er die Arme nach mir verrenkte. Tja, sein Leben wird er wohl eine Zeitlang im Knast verbringen müssen, die Strafe für ruhestörenden Lärm ist in so einem Land glaub ich ziemlich kraß. Ich mußte an das Gesicht seiner Mutter denken – wie sie ihn besucht, ihm auch noch obendrein ein paar hinter die Löffel geben will, aber wegen der dicken Glasscheibe nicht an seine Ohren kommt.
Der Rückflug hatte es in sich. Zunächst wähnte ich mich in einer Original-Rakete. Der Vogel drehte dermaßen hoch, da mußte was am Motor kaputt sein. Ich stand auf, obwohl wir uns anschnallen sollten, und riß die Tür zum Cockpit auf. Genau so hatte ich es mir vorgestellt: zwei Kerle in Uniform und mit hängenden Zigaretten in den Mundwinkeln machten sich einen schönen Tag. Ich

verpaßte dem einen einen Kinnhaken, der andere verging sich dabei an meiner prallvollen Einkaufstasche. Auch er mußte dran glauben, ich drückte ihn einfach mit der flachen Hand gegen die Armaturen, bis er schmerzverzerrt aufgab. Dann übernahm ich den Steuerknüppel. Ich war zwar noch nie selber geflogen, aber das sollte ja wohl nicht so schwierig sein. Und siehe da, ich flog die Maschine mit Bravour über den nächsten Bauzaun hoch in die Luft, und dann ging es in rund 10.000 Metern Höhe Richtung Heimat. So, erledigt. Ich stellte die Automatik ein und holte mir erst mal eine Flasche Sekt aus dem Regal. Hm, lecker. Ob Elly Beinhorn (»Alleinflug/Mein Leben«, Langen Müller, 1977) auch immer so schönen Sekt getrunken hat? Als die beiden Piloten merkten, daß ich die Sache besser als sie gemacht hatte, nahmen sie wieder ihre vorherige Stellung ein, allerdings ohne daß ich es gutheißen konnte. Die Reisegesellschaft hatte eigentlich eine weibliche Crew stellen wollen. So mußte ich die beiden Typen im Auge behalten. Ich ging während des Fluges noch des öfteren ins Cockpit. Die bunten Stecker faszinierten mich. Am Flughafen sollte mich mein Mann abholen. Ich wartete endlos auf mein Gepäck, weil was an dem Fließband nicht in Ordnung war. Endlich kamen meine Koffer angefahren. Ich astete sie hoch und quetschte mich durch den Zoll. Dann ein Blick in die Empfangshalle: Kein Georg in Sicht! Ich hatte den Kaffee auf. Bei dem Begriff, meine schweren Koffer selbst durch die Halle zu den Taxiständen zu bugsieren, fiel mir ein ausgemergelter, blasser und krumm in seinem Fliegerseideanzug steckender blöder Sack auf. Kassis und Petrol, seine Lieblingsfarben. Natürlich, ich hatte ihn nur nicht

bemerkt, weil er so beschissen aussieht, daß frau andauernd durch ihn durchsieht. »Guten Tag, Helga Maria! Endlich bist du wieder zu Hause!« Ja, das glaub ich! Wahrscheinlich hat der Teppich schon begonnen zu faulen, und auf dem Geschirr befindet sich eine intakte, lebensfähige Kultur. Am liebsten würde ich ihm hier vor allen Leuten ein paar wohlverdiente Ohrfeigen geben! »Nimm die Koffer, du Arsch!« Und der Kerl nahm auch noch die Koffer! Haha! Den hatte *ich* erzogen! Belustigt schaute ich mir an, wie er sich die Arme an meinen Koffern langzog. Draußen stand der Wagen. Mein erster Blick fiel auf die Reifen. Viel zu wenig Luft.
Genau das hatte ich geahnt! Schlimmer noch: die ganze Bude roch so, als hätte der Depp auch während meiner Abwesenheit heimlich gepafft! Unbändiger Haß lag in der Atmosphäre. Eine Woche nicht gespült, eine Woche nicht gesaugt, eine Woche nicht Flur geputzt! Schönen Dank, du Arsch! Ich brauchte mir keine Illusionen mehr zu machen, die Ehe war von Grund auf total verkorkst. Wie eigentlich jede Ehe zwischen Frau und Mann.
Da hilft auch kein Erziehen und Meckern und gar nichts. Er kann anscheinend wirklich nichts dafür, daß es nicht klappt mit dem Haushalt. Aber das ist keine Entschuldigung. Im Gegenteil, da muß geübt werden, da muß etwas geschafft werden, Herrgottnochmal, ist denn das so schwierig?
»Herrgottnochmal, was hast du denn die ganze Woche getrieben, du nichtsnutziger Schwachkopf! Und die Toilettenbrille steht ja noch immer hoch von deinen Exzessen!« Ich hatte es gerade entdeckt. Jetzt war der Ofen aus. »Raus! Raus aus meinem Haus! Aus meinem Haushalt! Du altes Ferkel! Hast es nicht einmal nötig, dich mit

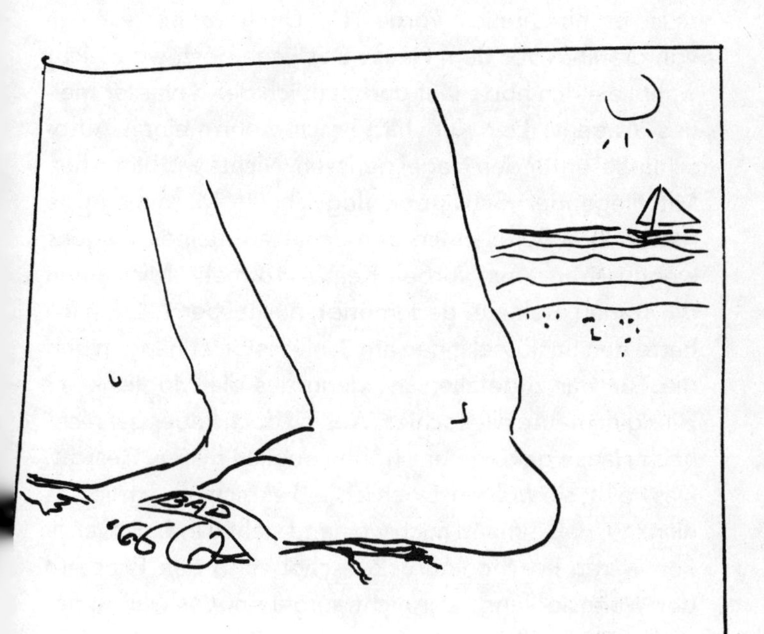

meine zerschlissenen Schlappen.

einem Blumenstrauß zu entschuldigen! Hau ab!« Ich nahm ihn am Arsch und Kragen und warf ihn einfach raus. Soll er ruhig Penner werden. Ich mach die Tür für so einen nicht mehr auf. Endlich war es soweit, ich war erlöst von diesem Sausack. Ganz einfach. So einfach hätte ich es mir gar nicht vorgestellt. Doch was hörte ich da von draußen vor dem Haus? Das kann doch wohl nicht wahr sein. Ich hörte laut und deutlich den Anlasser meines Wagens! Der Kerl hatte sich wohl meinen Autoschlüssel unter den Nagel gerissen. Nichts wie hinterher. Mit fliegenden Schlappen flog ich die Marmortreppe runter. Draußen sah ich den Schatten meines Wagens weghuschen. Aus, vorbei. Kein Auto mehr. Mir kamen die Tränen. Beklaut, gedemütigt, ausgesperrt. Denn ich hatte den Schlüssel innen am Schlüsselbrett hängen und die Tür war zugefallen. Ist denn das die Möglichkeit? Hier ging heute alles schief. Wär ich doch lieber gar nicht nach Hause gekommen. Tränen quollen mir ins Gesicht. Das heißt, sie wollten. Doch ich ließ es nicht zu. Ich ließ es nicht zu, daß jemand mich weinend sieht. Und die Gardinen waren ja schon zurückgeschoben in den Fenstern der Wohnsiedlung. Nur nicht aufgeben, das war immer meine Devise. Wie soll ich sonst meinen jüngeren »Studentinnen« als Vorbild dienen? Na also, geht doch. Ich trat einfach die Tür ein und machte es mir gemütlich. Allein, ohne den Gestank des unliebsamen Partners.
Ein dicker Stein kullerte mir von der Brust auf das senffarbene Sofa. Ich schaute noch ein wenig Fernsehen, eine Sendung mit Maria Hellwig, dann schlummerte ich noch angezogen auf dem Sofa ein.
Jäh wurde ich mitten in der Nacht von einem Schrei am Fenster geweckt. Ich schnellte hoch und erspähte aus

eng zusammengekniffenen Augen eine Eule, die eine Maus, die sie wohl gerade geschlagen hatte, im Schnabel geklemmt vor sich hin in die Finsternis entführte. Was für ein schauriges Schicksal für die Maus. Ich hatte schon öfter die Vermutung, daß wilde Tiere sich neuerdings bis ganz nah an die menschlichen Wohnhäuser heranwagen. Wieder eingeschlafen, träumte ich wild von einem Rudel Wölfe. Sie zerrten und rissen an meinem geschundenen Körper und teilten mich anschließend in der ganzen Meute fein auf. Aber ich schien ihnen nicht zu schmecken. Auch ein Pamphlet? Was immer das auch heißen mag.

Der Juni kam mit seinen Blüten, es war jetzt fast ein halbes Jahr vergangen, mein Mann war nie wieder aufgetaucht. Ich hatte mich mit dieser Situation mehr als einverstanden erklärt. Ich gab meine Kurse im Frauenkaffee »Kopernika«, verdiente damit etwas Geld und bekam ja auch weiterhin vieles umsonst, vor allen Dingen Lebensmittel, da ich ja jetzt klaute wie eine Räbin. Mittlerweile hatte ich einen ziemlichen Bauch bekommen, erst dachte ich, was ist denn das, ich war schwanger. Ich erwartete ein Kind. Wann würde es kommen? Ich las in der Stadtbücherei Bücher über Geburt und Aufzucht von Kindern. Die neun Monate, bis das Kind auf die Welt kommt, kamen mir viel kürzer vor, denn die Zeit ging rasend schnell um. Es lag vielleicht an meinem emsigen Kursbesuch, fast jeden Tag ging ich zu Dr. Lamas, der zufälligerweise in unserer Stadt ansässig war. Er war Erfinder der sanften Geburt. Auch unter

Wasser und so. Außerdem, wenn frau einen Säugling ins Stadtbad wirft, kann der angeblich sofort schwimmen. Das wollte ich als erstes ausprobieren. Ich hatte auch schon einen Namen für das Mädchen. Es sollte schlicht und ergreifend ARA heißen, und es würde immer sehr bunt gekleidet sein müssen. Ich würde ihr alles, was ich selber auch kann, beibringen, und noch viel mehr. Es sollte ein tolles Kind werden. Alle sollten sagen: Hau! Was für eine Kanone in Mathematik, oder was weiß ich sonst noch für Fächer, wenn es erst mal in die Schule kommt. Dann würde sie studieren, etwas, was ich selbst nicht machen durfte, weil meine Eltern damals dagegen waren, und ich war noch nicht emanzipiert. Mein Kind wäre eine totale Multiplikation meiner eigenen Fähigkeiten. Und das ist sowieso schon fast undenkbar. Aber ich will hier nicht angeben. Bevor ich das Kind gebären werde, will ich mir eine andere Frisur machen lassen, eine Freundin von mir ist Friseurin. Ich denke vor allen Dingen an eine andere Haarfarbe. Und kurz müssen sie sein. Pflegeleicht. Ich werde mir nicht von einer heuchlerischen Gesellschaft vorschreiben lassen, wie ich rumlaufen soll! Ich entschied mich für die Farbe Möhrengelb.
Zunächst mußten meine Haare geschnitten und blondiert werden, Ihr kennt das Prozedere. Damit Rot besser deckt. Denn von Natur bin ich straßenköterblond, also graubraun. Ich hatte um sechs Uhr morgens einen Termin abgemacht. Ich soff die ganze Nacht durch, um pünktlich dazusein. Der Gang zur Friseurin ist für eine Frau gleichzusetzen mit dem Gang zu einer sportlichen Meisterschaft, wo frau selbst involviert ist. Ich hatte da bereits einige Erfahrung. Ich war in meiner Jugend

Schwerathletin gewesen, Kugelstoßen und Hammerwerfen waren meine Spezialgebiete. Doch der dann überall aufkommende Griff zu hormonverändernden Anabolika sagte mir nicht zu. Doping kam für mich nicht in Frage, außer mal ein Joint oder ein Bong. Oder aber eine leckere Flasche Amselfelder, und wenn der nicht da war, auch mal hin und wieder Kröver Nacktarsch. Ich kaufte ihn mir damals, weil da ein Mönch mit nacktem Hintern draufgemalt war. Ich finde es begrüßenswert, wenn auch mal der Mann in schamverletzender Weise auf einem Werbeetikett gezeigt wird. Ob ich die Zeit noch erleben werde, wo keine nackte oder halbausgezogene Frau den Titel einer x-beliebigen Zeitung ziert?
Ich saß im Friseurinnensessel und genoß die sanften Finger meiner Friseurinnenfreundin, wie sie behende in meinen Haaren rumwühlten. Ich dachte spontan an Winterschlußverkauf. Ich hatte mich dieses Jahr mit einigem an Unterwäsche ausgestattet. Alles war ja heute total billig, wenn frau bedenkt, wie es früher war. Vor nicht allzu langer Zeit kostete eine Damenschlankbeinunterhose mehr als zwanzig Mark. Heute bezahlt frau ein Drittel, und es ist trotzdem Baumwolle. Schön, nicht?
Um viertel nach zehn war ich endlich fertig. Ich guckte in den Spiegel und erschrak! Das sollte ich sein? Die Person im Spiegel erinnerte mich an alles, nur nicht an mich selbst. Egal, ich wollte eine Veränderung um jeden Preis. Und den bezahlte ich auch. Saftige dreihundertundzwanzig Mark war das Kunststück wert. Doch ich bezahlte gerne, denn ich sah, wie die anderen Frauen neidisch zu mir aufblickten. Draußen hatte es begonnen zu nieseln, und ich kaufte mir noch schnell eine durch-

sichtige Plastikhaube, um meine Frisur zu schützen. Auf der anderen Straßenseite wartete schon Renate auf mich, meine neue Freundin. Ich hatte sie in einer Lesben-Bar kennengelernt. Auch sie trug die Haare streng und kurz. Genau wie ich hatte sie eine kräftige, stattliche Figur. Sie wog noch etwas mehr als ich, nämlich hundertzehn. Sie war eine zärtliche Frau, die aber auch mit der neunschwänzigen Peitsche Bescheid wußte. Sado-maso war nicht mein Fall, daher war unsere Beziehung auch nicht extrem eng, denn sie schwor darauf. »Du bist schön!« Als sie das zu mir sagte, freute ich mich und bekam einen Anflug von rosa im Gesicht. Wir bogen in die nächste Kneipe ein und begossen erst mal die neue Frisur. Renate ging einfach hinter die Theke und bediente sich selbst. Der Wirt stellte sich ihr in den Weg, sie schlug ihm voll in den Sack. Er taumelte zurück und wurde ohnmächtig. Was haben wir gelacht. Ehe der Kerl sich versah, waren wir angeheitert und zogen weiter, zur nächsten Bar. Er kam noch auf die Straße gerannt und wetterte etwas von Lesbenschweinen und so. Daraufhin kam Renate auf die Idee, ihm noch mal was auf die verdammte Scheißfresse zu hauen. Ich hielt ihn fest, und Renate drosch drauflos.
Es mußten unbedingt die süßen kleinen Zähnchen kaputtgehen, sonst wären wir nicht zufrieden gewesen. Es wurde noch ein schöner Tag. Abends guckten wir gemeinsam Fernsehen und lachten über Renates Idee, es doch einmal mit einem Penis aus Stahl zu versuchen beim Verkehr. Es sollte natürlich nur ein Witz sein, frau hat so etwas ja wohl nicht nötig. Was meint ihr, was unsereins froh war, so was nie im Leben wieder sehen, geschweige denn anfassen zu müssen!

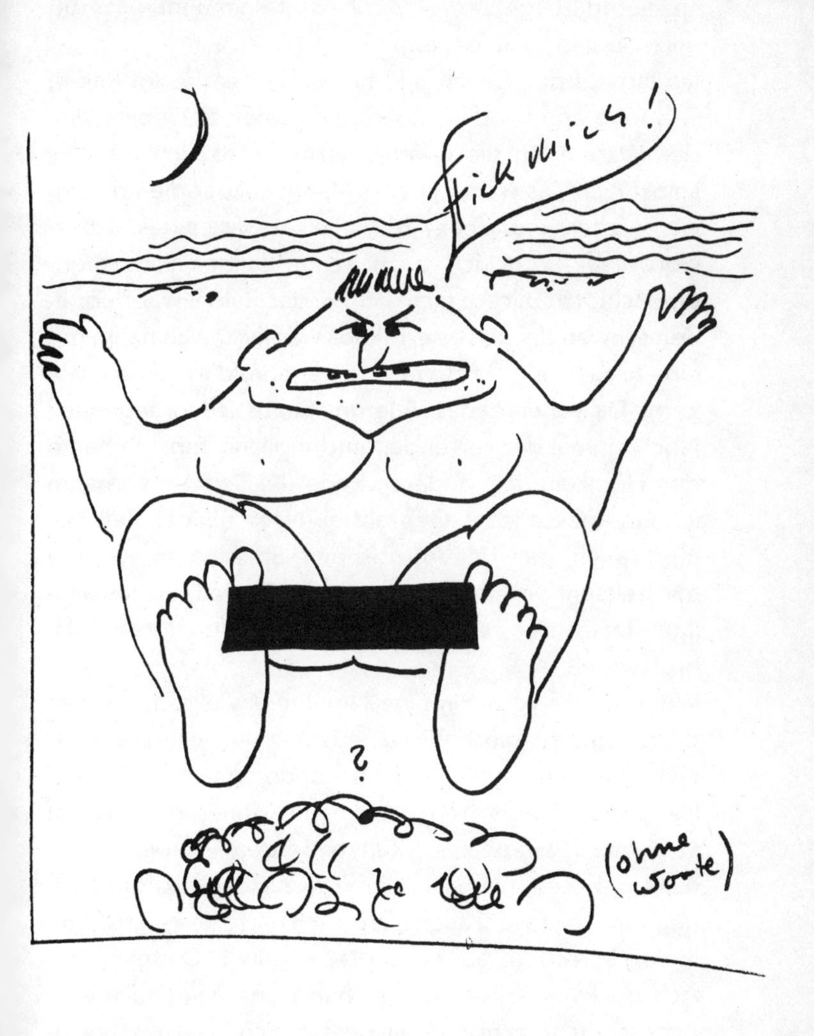
Fick mich!
?
(ohne Worte)

Der Sonntag war verregnet, und ich hatte keine Lust, spazieren zu gehen, obwohl es meiner Figur guttut, mich ab und zu zu bewegen.
Ich lag auf der Couch und hörte die Beatles im Radio. The long and winding Road, eines meiner Lieblingslieder. Warum ich die Beatles gerne hörte? Ich weiß es selbst nicht, es waren ja alles Männer. Aber die Frisuren waren eher weiblicher Art. Vielleicht war es das. Kreuzworträtsel hatte ich auch schon lange nicht mehr gemacht. Ich blickte nicht durch, das Rätsel war dermaßen schwer, daß ich es erfolglos weglegte. Ich nahm mir eine Frauenzeitschrift vor und begann, darin zu schmökern. Da schellte das Telefon. Sollte ich drangehen? Noch einmal der surrende, aufdringliche Ton. Ich nahm den Hörer ab. Am anderen Ende der Leitung vernahm ich ein undeutliches Gebrabbel. Nach einiger Zeit bemerkte ich, daß der Anrufer eine Sprache sprach, die mir bekannt vorkam, und auch der Tonfall, dieses Jaulige. Tatsächlich, es war der Grieche, der doofe Surfbrettvogel!
Woher hatte er nur meine Nummer? Vielleicht war er doch nicht so blöd, wie er aussah. Und wieso war er nicht im Gefängnis? Ruhestörender Lärm war doch bestimmt nicht schon nach neun Monaten zu Ende! »Hör mal, ich habe keine Zeit, außerdem – habe ich dich nicht gebeten, niemals bei mir anzurufen? So gut kennen wir uns ja wohl auch nicht.« Ich hatte keine Lust, mit ihm zu sprechen. Aber er sagte, er wäre in Deutschland! Ach du liebe Güte, und er hatte anscheinend meine Adresse! Ich dachte, es ist besser, sich kurz mit ihm zu verabreden, um dann kurzen Prozeß zu machen. »Okay, wir treffen uns um 10 Uhr am U-Bahnhof Gelderner-

straße!« Ich legte auf. Beschissen. Der Typ, von dem du ein Balg kriegst, reist dir hinterher. Und dann noch am Ende Ansprüche stellen. Das hat mir gerade noch gefehlt. Aber vielleicht wußte er gar nicht, daß ich schwanger war. Woher auch. Natürlich, er war verliebt, ist ja klar. So hielt er es nicht länger in seiner scheiß alten Surfbrettbude aus und trampte wahrscheinlich, weil ja wohl kaum Money für den Flieger da war, hierhin. Die Adresse kann er sich, wenn er halbwegs geschickt war, über das Hotel und die Reisegesellschaft besorgt haben, vielleicht arbeitet einer seiner Kumpel beim Amt oder so. Vielleicht, vielleicht, soviel vielleicht! Egal, ich würde es rausbekommen. Aber sollte ich mich ihm so hochschwanger, wie ich war, präsentieren? Ich dachte nach, nach einiger Zeit fiel mir ein, ich könnte ein weites Hängerchen anziehen. Da sieht man nichts. Oder besser war eigentlich, ich würde ihn erledigen. Klar, ganz vergessen. Der Kerl muß verschwinden. Da kam der absolute Geistesblitz: Salzsäure! Ja sicher, ich hatte noch eine Tüte im Keller. Damit mach ich immer die Toilette sauber. Also präparierte ich schon mal die Badewanne. Ich wollte ihn mit nach Hause schleppen, besoffen machen, was allerdings ziemlich schwer werden würde, und ihn dann in der Badewanne, nachdem er sich aufgelöst hat, mit diesem Gummimuffenteil an dem Holzstock durch den Abfluß drücken. Und fertig ist die Laube. Ich hatte gehört, das würde unheimlich stinken. Das konnte mir ja egal sein, hier stinkt es sowieso immer in dem Haus. Die Wohnungsgesellschaft scherte sich einen feuchten Kehricht um ihre Projekte. Freudig erregt erwartete ich den nächsten Morgen. Ich konnte kaum schlafen, vor allen Dingen, weil ich erst mal die Salzsäure in der richtigen Menge vermischen mußte. Das dauerte einige Zeit. Um zwei Uhr nachts kam ich ins Bett. Von Schlaf war aber erst mal nicht die Rede, denn mir brannten total die Augen.

Jetzt war es zehn Uhr, und keiner war zu sehen. Ich wurde langsam sauer. Können die nie pünktlich sein? Da kam der Bus aus Deppendorf. Und tatsächlich, ein Mann stieg aus, der einen für diese Gegend vollkommen unüblichen Gang hatte, ich sah es sofort. Es war Spiros. Von weitem roch ich die Alkoholfahne. Er hatte eine Plastiktüte mit seiner Habe bei! Genau so hatte ich es mir vorgestellt. Wenn frau gerade froh ist, nicht mehr so ein Stück Vieh im Haushalt rumhängen zu haben, schellt das Telefon, und der nächste Aasgeier nistet sich ein. Der wird sich wundern. »Ach duu, Maijn Scha-aatz. Ick binne da. Für miche kribbelt!« Dir wird gleich ganz anders kribbelig, wenn du erst mal in meiner Badewanne liegst und vor dich hin säuerst! Das dachte ich mir halblaut. Soll er es doch hören, er versteht ja sowieso nichts, außer Badewanne. Haha, da kam er mit eirigem Schritt auf mich zu. Er wollte mir ein Küßchen geben, ich drehte mich geschickt zur Seite, und er schmatzte ins Leere. Obwohl ja ungebeten, gab ich ihm dennoch die Hand. Frau muß auch höflich bleiben können, das gehört mit zu einer lebenswichtigen Diplomatie. Ohne Etikette kann frau nicht ihren Kopf durchdrücken. Aber die Etikette war in diesem Fall egal, denn der Erzeuger meiner Frucht war besoffen. Wir stiegen in die U-Bahn und fuhren zu mir. Dort flätzte er sich auf der Couch und schlief zu allem Unglück erstmal ein. Ich nahm eine Flasche Whiskey und klemmte sie ihm zwischen die Zähne.

Hoffentlich war er gleich so blau, daß er nichts mehr bemerkt, wenn ich ihn mitsamt seinen Klamotten in die Badewanne stopfe. Ich wollte schon mal gucken, wie es im Bad aussah, deshalb entfernte ich mich mal kurz aus dem Wohnzimmer.

Ach du Scheiße! Die Wanne war leer! Der Stöpsel war nicht dicht, er war von der Säure zerfressen worden. Da hatte ich nicht dran gedacht. Mist. Mit einer ungenannten Wut im Bauch rannte ich in die Küche. Da plötzlich bekam ich die Wehen. Ich warf mich auf den Küchenboden und gebar im selben Moment einen gesunden Jungen. Mit den Zähnen biß ich die Nabelschnur durch und aß die Nachgeburt auf. Erledigt. Aber leider war es ein Junge. Total unzufrieden holte ich die erste Windel aus dem Hängeschrank, ich hatte bereits vor drei Wochen das ganze Zeugs eingekauft, allerdings in rosa, und wikkelte den kleinen Kerl, ein Ebenbild seines Vaters. Einen Namen hatte ich mir natürlich in der Eile nicht ausdenken können. Insgeheim nannte ich den Jungen »Unbekannter«. Mit spitzen Fingern legte ich ihn zum Schlafen neben seinen Vater auf die Couch. Dann wischte ich den Küchenboden sauber und genehmigte mir ein Gläschen Wacholder. Der Junge nörgelte und wimmerte, er hatte wohl Hunger. Die Brust war mir irgendwie zu schade für den, da gab ich ihm einen Schluck H-Milch. Und siehe da, es schmeckte ihm anscheinend. Ich nahm eine Tüte Milch aus dem Eisfach und stellte sie ihm hin. Dann ging ich übern Markt. »Ein Pfund Tomaten, aber die feste Ware aus Italien! Und geben Sie mir noch vier Boskop. Was macht das?« – »Vier Mark dreißig, junge Frau!« – »Hören Sie, ich kann mich sehr gut selbst einschätzen, ja?! Das mit der jungen Frau nehmen Sie mal sofort zurück, Sie Marktarsch!« Das war doch wohl nicht wahr, der Tomatenmann wollte sich frech machen! Erzürnt schritt ich von dannen. Jetzt noch Salami und Kochschinken. Ich betrat die Metzgerei. Die Frau hatte rosige Wangen und bewegte sich sehr schnell hinter dem Tresen. Sie nahm mit einer Hand Sauerkraut aus einem Eimer, mit der anderen Hand schlug sie mit einem kleinen Beil in die Kottletts rein. »Guten Morgen, Frau Schneider! So früh schon auf den Beinen?« – »Muß!« – »Aha. So, mit was darf ich dienen?« – »Ich hätte gerne ein Viertelpfund Gehacktes halb und halb, 70 Gramm Salami, die Mailänder, und vier Scheiben Kochschinken.« – »Wird gemacht, gnä Frau!« – »Was gibt es heute als Mittag?« – »Endivien mit Speck und Kartoffeln, Bauernkost.« – »Gut, dann reservieren Sie mir bitte für zwei Uhr einen Platz an Ihrem schönen Stehtisch.« Ob ich bis zwei Uhr wieder da sein könnte? Mit der vollen Einkaufstasche kam ich nach Hause. Die Wohnung war leer. Ein Zettel mit geradebrechtem Deutsch lag auf der Couch: »Ich gäh. Nicht ohne meinä Sohn. Du nix wert, alte Schlampe. Wag nix hinterherkommän! Haß essen Spiros auf!« Wahrscheinlich hatte er sich darüber aufgeregt, daß ich dem Jungen nicht die Brust gegeben hatte. Da sind die Typen aus den Urlaubsländern glaube ich ziemlich allergisch. Wie dem auch sei, so einfach hatte ich es mir gar nicht vorgestellt. Der Typ war weg, und dazu auch noch der kleine Korinthenkacker. Er wäre nur ein Klotz am Bein gewesen auf dem Weg zur vollendeten Emanzipation, die ich ja anstrebte, und die ich trotz meiner absoluten Souveränität ja noch nicht ganz erlangt hatte. Es fehlte sozusagen noch der letzte Pfiff. Warum zum Beispiel machte ich mich von dem Tomatenmann abhängig? Gibt es keine Tomatenfrauen? Der Grund hierfür war einfach: Es gab eine Tomatenfrau, aber der ihre Tomaten waren etwas teurer als bei dem Penner. Da muß frau eben noch Kompromisse machen. Die Frau, die die Tomaten feilbietet, ist ja auch keine direkte Emanze, denn sie arbeitet ja auf dem Markt. DER Markt, immerhin ist DER Markt männlich. Sonst hieße es DIE Markt, es heißt aber DIE Mark. Schwer zu verstehen, aber leicht zu rechnen.

Ich spiele seit einem halben Jahr Lotto. Bis jetzt hat es noch nicht geklappt. Heute wollte ich mal eine Reihe mehr machen. Ich setzte die Kreuzchen an neuralgischen Punkten auf das Durchschlagpapier. Mit einem bestimmten Gefühl verließ ich die Lottoannahmestelle. Sollte ich Millionärin werden, sogar mehrfache? Am Samstag saß ich wie gebannt vor der Flimmerkiste. Endlich kam die Frau, die die Kugeln zieht. »Wir begrüßen Sie zur öffentlichen Ziehung der Lottozah ...« Ja, ja, mach schon, alte Eierfeile! Ich habe auch meine Zeit nicht im Lotto gewonnen! Und da kamen doch tatsächlich meine Zahlen! Und die Superzahl auch! Nein, das kann doch wohl nicht wahr sein! Ich hatte ausgesorgt! Ich kaufte von dem Geld eine ganze Stadt und machte sie männerfrei. Schwierige Angelegenheit – sie kamen auf die Idee, sich als Frauen zu verkleiden. Ich war überfordert. Ich nahm einen Strick und wickelte ihn mir um den Hals, dann stieg ich auf einen Klapphocker. In dem Moment machte jemand das Licht aus, und ich konnte nichts mehr sehen. Was war geschehen? Ich schreckte hoch. Was träumte ich denn da für einen Mist! Natürlich hatte ich nicht im Lotto gewonnen. Ich war nämlich vor dem Fernseher eingeschlafen, weil der Endiviensalat von heute mittag so schwer im Magen lag. Die Lottozahlen kommen ja erst noch. Am Abend guckte ich diesmal gespannter Fernsehen als sonst. Als die Lottozahlen wirklich kamen, war es so wie immer, nichts. Es war sowieso nur Mittwochslotto, da kann frau nicht viel gewinnen. Was würde ich im Leben noch gewinnen können? Ich machte mir so meine Gedanken. Da kam ich auf die Idee, einen kleinen Laden aufzumachen, vielmehr eine kleine Autoreparaturwerkstatt, aber nur für Frauen. Ja, das war eine tolle Idee. Ich mietete eine alte Garage um die Ecke und stellte eine gebrauchte Hebebühne rein. Draußen brachte ich ein Schild an, wo draufstand: »FEMINISTISCHE AUTOWERKSTATT UND SATTLEREI«. Wenn mal so ein Polster kaputtgeht von so einem Auto, wird es ja wohl nicht so schwer sein, das zu flicken. Ich hatte schon am ersten Tag eine Kundin. Eine schwere Mercedesfahrerin, die ihren Wagen als Auslösung im Rahmen der Scheidung von ihrem Mann bekommen hatte. Ein paar Flügelschrauben oder so waren locker, da sollte ich mal nachgucken. Ich fand aber noch andere Defekte, zum Beispiel war der ganze Kühler voll mit Wasser, wo doch der Raum gebraucht wird, damit sich das Öl darin verteilen kann, wenn der Motor in Hitze gerät. So ist gewährleistet, daß das Auto nicht wackelt beim Beschleunigen, das Öl übernimmt die Funktion eines Pendels. So erklärte ich ihr das, und sie fand das gut. Dann war noch an den hinteren Reifen einiges kaputt. Tiefe Rillen zogen sich diagonal durch den Reifenmantel. Ich polier-

Kalimera!
Land + Leute!

te sie vollkommen neu auf. Als die Frau den Wagen abholte, waren seine Reifen so glatt, daß frau sich darin spiegeln konnte. Sie kämmte sich sogar vor den Reifen. So hatte ich eine gute Kundin gewonnen. Sie wollte sogar wiederkommen, wenn die Reifen rauh geworden wären.
Die nächste Kundin war eine Motorradfahrerin, die nicht so zufrieden darüber war, daß sich die vordere Seite des Motorrades wegen der beiden Stangen, die neben dem Vorderrad montiert waren und es anscheinend hielten, immer beim Bremsen und sogar beim Fahren sich mal tief reinsenkten, mal hoch schossen. Dadurch sah sie ihr Blickfeld gestört. Sie mußte ja ständig rauf und runter gucken. Für eine Motorradfahrerin gefährlich! Ich schweißte ihr den Defekt. Nun bewegte sich nichts mehr, das Motorrad lag bombenfest auf der Straße. Auch wenn frau an ihm rumwackelte und zerrte, stand es wie eine Eins. Mit kreischenden Reifen schoß sie aus meiner Einfahrt auf die Straße. Weg war sie.
Dann eine einfache Lackierarbeit. Ein schwarzes Auto sollte schön hellbeige werden. Ich schlug Nagellack vor, er deckt wunderbar. Die Kundin bezahlte zwar mehr, als es üblicherweise gekostet hätte, war aber sehr zufrieden. Ich gab ihr noch vierzig Hektoliter Nackellackentferner mit, falls ihr die Farbe nicht gefiel, dann könne sie sie selber wieder abmachen, das wäre dann nicht so teuer. Meine Arbeit hatte ja schon einiges an ihrem Portemonnaie gezerrt. Im großen und ganzen kam ich ganz gut klar mit der Werkstatt. Es sprach sich schnell rum, daß frau jetzt eine eigene Werkstatt hat, und es kamen immer mehr. Qualität hat einen Namen. Die Helga Maria Schneider-Garage war ein Muß für eine Frau, die

etwas auf sich hielt. Ich eröffnete noch zwei Zweigstellen. Die liefen auch genauso gut. Mir fiel auf, wenn ich selbst in der Werkstatt anwesend war, freuten sich die Mitarbeiterinnen darüber, daß sie von mir soviel lernen konnten. Ich legte ja immer mal selbst Hand an, sei es beim Verchromen von Heckscheiben oder bei der Belüftung von Bremsseilen, die ich gerne selbst aus den Autos nahm und zum Lüften ans Fenster hielt. Für die Auswechslung von Bremsscheiben hatte ich extra eine bekannte Glasbläserin kommen lassen. Sie blies die Bremsscheiben im Schaufenster, so daß sich eine Menschentraube bilden konnte. Das Geschäft lief gut. Auch ohne Männer. Und das war das, was ich wollte. Eine Gesellschaft, in der der Mann nach einiger Zeit, ohne daß es bemerkt wird, nicht mehr vorkommt. Es heißt ja auch so gerne: ohne besondere Vorkommnisse. Einer Frau, die Probleme beim Einparken hatte wegen ihres gewaltigen Brustumfangs, baute ich ein Speziallenkrad, das so geformt war, daß ihre beiden Brüste beim Lenken darunter verschwanden. Ich baute es einfach eine Etage höher, direkt auf dem Armaturenbrett, nicht davor. Die Autoindustrie sollte mal darüber nachdenken. Da fällt mir auf, bei allem, was unseren Alltag ausmacht, sei es die Autoindustrie, sei es die Versicherung, sei es die Fahrschule, die Bäckerei, laß es die Lederfabrik sein, immer kommt DIE vor, niemals DER! Oder habt Ihr schon mal gehört: DER Lederfabrik? DER Universität? Also, warum verdünnisieren sich diese Jaucheschwengelschwenker dann nicht endlich aus unserer Welt!? Ich kann es euch sagen – sie werden noch für niedere Arbeiten gebraucht! Ganz einfach, die Frau, die die Armatur mit dem Lenkrad höher eingebaut bekam, hatte natürlich, wenn sie die Arme höher hielt, Schwierigkeiten, jetzt mit den Augen darüberhinwegzugukken, wenn sie nach links oder rechts gucken will. Dafür brauchten wir einen Optiker, der montierte eine Unzahl von Spiegeln in den Wagen, rechnete alles ganz peinlich genau aus, so daß die Frau mit Hilfe dieses Spiegelarsenals keine sehliche Beeinschränkung erlebte. So einen Job kann nur ein Kerl tun, welche Frau hält sich mit solcher Scheiße wie Ausrechnen denn gerne auf? Das ist Sache eines Typen, der zeit seines kärglichen Lebens gerechnet hat, gerechnet und gerechnet. Denn Rechnen ist für Mädchen ja kein Fach in der Schule. Dafür Stricken. Und ich rege mich schon wieder auf, warum müssen Mädchen immer stricken? Ich sage es euch, weil Stricken wesentlich schwerer ist als Rechnen! Und deshalb kann gar kein Mann stricken, es ist unmöglich. Es fehlt der Quotient dafür. Wir können es ihm auch nicht mehr beibringen. Ausgeschlossen. So, Themenwechsel.

Mein Mann war jetzt schon etliche Zeit abhanden gekommen. Ich vermißte ihn nicht die Bohne. Seine stinkenden Socken hatte er nicht mitgenommen. Das brachte mich auf die Palme, als ich sie fand. Als ob er mich ärgern wollte, hatte er sie hinter den Schrank geworfen, wo sie mit der Zeit eine eigenartige Mischung von Pilzen überwucherte. Ich angelte sie mit einer Ofenzange heraus. Die Tapeten an der Seite, wo er im Bett geschlafen hatte, wiesen kleine dunkle Flekken auf, es waren Popel. Also, ich kam aus dem Staunen nicht mehr heraus. Wie kann so eine dürftige Figur so viele Popel produzieren! Nichts wie raus aus der alten Bude! Ich gab Inserate auf mit folgendem Inhalt: ... junge, hübsche und intelligente Frau mit Niveau sucht zwecks Umgestaltung ihrer Zukunftspläne eine neue Bleibe, wenn's geht mit Garten oder Balkon. Zuschriften mit Bild von der Wohnung an diese Chiffrenummer: yh.3359 ... Daraufhin wartete ich mehrere Wochen, bis der erste Brief kam. Ein Syrer wollte mich heiraten. Ich überlegte mir, ob ich ihn total verarschen sollte. Aber dann fiel mir ein, daß Ausländer ja sowieso schon so viel verarscht werden. Dann kam ein Angebot, daß ich evtentuell eine Wohnung längere Zeit mitbenutzen könnte. Ich rief sofort an. Am anderen Ende der Leitung sprach ich mit einer sehr gebildeten und anständigen Frau. Sie erweckte in mir Vertrauen. Vor allen Dingen fragte sie mich nicht nach meinem Vorleben als Ehefrau, sondern nahm als selbstverständlich an, daß ich unverheiratet war. Ich traf mich mit ihr noch am selben Abend in einem griechischen Restaurant, denn auch sie hatte ein Faible für Griechenland. Sie bot mir an, daß ich keine Miete zu zahlen brauchte, wenn ich auf ihren Papagei aufpasse. Na, wenn's weiter nichts ist! Deshalb knipste ich ihm erst mal, als sein Frauchen mal einkaufen war, beide Eier ab, denn es war ein Männchen. Er laberte den ganzen Tag Mist, er erinnerte mich stark an meinen Ehefehler, wie ich meinen Exmann nenne. Ich ließ den Papagei leiden, so oft ich konnte. Er dagegen versuchte immer wieder, nachdem ich ihm etwas angetan hatte, mit mir einen Dialog zu finden. Genau wie ein richtiger Ehemann. Glaubt mir, diese Art von Papagei stand mir bis zum Halse. Wenn die Scheißtypen wenigstens zu ihrer Scheiße, die sie andauernd verzapfen, stehen würden! Also verlangte er von mir, daß er voller Demut da sitzen dürfte und voll von Selbstmitleid, und ich maßregelte ihn nach allen Regeln der Kunst. Er soll mich auf Händen tragen und aufs höchste achten, und wenn er nicht das Zeug dazu hat, auch wenn er nun mal nur ein Papagei ist, oder gerade deswegen, dann tut es mir leid! Ich kann nichts mehr für ihn tun. Sein Seelenleben geht mich nichts an, ich bin vom anderen Geschlecht. Er soll erst die linke Backe, dann die rechte Backe und dann noch mehrere Male beide Backen hintereinander herhalten, damit ich ihn schlagen kann, Scheißpapagei! Ich rede mich hier in Rage, frau kann es hoffentlich verstehen, wir müssen, ob wir wollen oder nicht, manchmal unsere Urwut auch an kleineren Tieren auslassen. Dazu werden sie gezüchtet. Er frißt mir mittlerweile aus der Hand. Wenn ich ihm die Mülltüte gebe, fliegt er damit in den Hof, macht die Tonne auf und schmeißt das Zeug da rein. Oder er holt Post aus dem Briefkasten. Oder er unterhält sich mit mir nach meinen Vorgaben, so wie ich eine Unterhaltung mag. »Komm, lecker, lecker! Fressi, fressi, FIFI (er heißt FIFI!), kumma Tante hat! Kumma Tante hat!« und dann stürzt er sich mit Heißhunger auf meine abgeschnittenen Fußnägel, die mag er besonders gerne, das Aas. Eines Tages fiel mir die Tür zu, weil es draußen stürmte, und ich hörte ein Quietschen. Der Papagei, der sich an meine Behausung ziemlich gewöhnt hatte und in letzter Zeit nur noch bei mir war, war zwischen Tür und Angel geraten und lag apathisch auf dem Fußboden. Er hatte sich wohl ein paar Rippen gequetscht. Oder haben Papageien gar keine Rippen? Ich weiß es nicht, aber ich hob

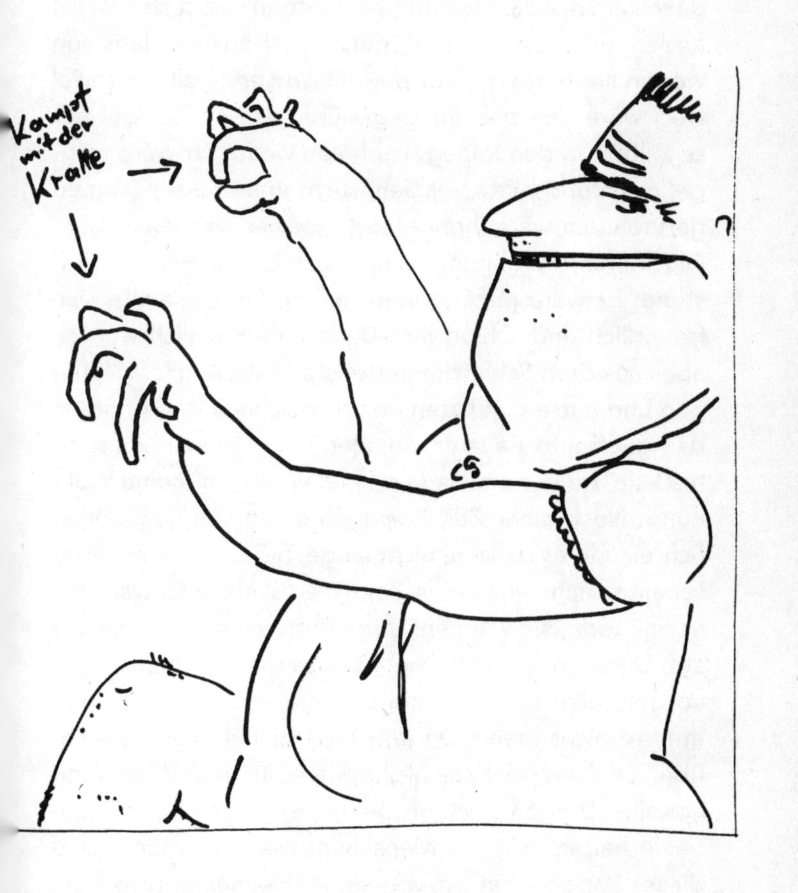
Kampf mit der Kralle

ihn auf, um ihn zu beschimpfen. Wie kann er nur gerade jetzt da herfliegen wollen! Es half nichts mehr, er verstarb in meinen Händen. Wie sollte ich es der Vermieterin schonend beibringen? Ich grübelte und grübelte, dann kam mir die Idee, die Vermieterin selbst den Vogel finden zu lassen und sie dann total anzubrüllen, von wegen sie hätte ihn auf dem Gewissen, weil sie soviel weg wäre. Ich gab ihr gegenüber an, als sie bei mir schellte und den Papagei abholen wollte, er wäre weggeflogen und hätte vor Sehnsucht immer ihren Namen gerufen. Ich wäre ihm gefolgt, aber er wäre dann zum Glück in ihre Wohnung geflogen, weil das Fenster aufstand. Er wäre jetzt drüben bei ihr. Sie bedankte sich freundlich und schloß ihre Bude auf. Heimlich war ich aber aus dem Schlafzimmerfenster auf den Hof gestiegen und hatte den toten Vogel so schnell ich konnte in das geöffnete Fenster von der Frau Miekelmanns, so hieß sie, geworfen. Dann schnell wieder in meine Wohnung. Nach einer Zeit hörte ich einen langgezogenen Schrei, und es dauerte nicht lange, bis es bei mir wieder schellte. »Ich habe keine Zeit! Wer ist da?« Es wäre die Vermieterin, sie war sehr aufgeregt. Ich machte die Tür auf. Und dann erzählte sie mir, was sie im Schlafzimmer vorgefunden hat: »... und da lag mein lieber Fifi und atmete nicht mehr! Oh je, oh je! Er hat sich vielleicht überschlagen oder so?« Ich erklärte ihr, daß Vögel, und vor allen Dingen solch große und exotische Vögel, eine Seele haben, wie wir Menschen, wie wir Frauen. Und dieser Papagei hat oft von seiner Heimat gesprochen, wenn wir es auch nicht verstanden haben, also in der Vogelsprache. Und die Situation, daß er oft von der Person, die ihn in dem verwahrlosten Tiergeschäft gekauft hat, allein gelassen worden war, hat ihn regelrecht in den Selbstmord getrieben. Ich fragte, ob ich mir den Vogel noch einmal ansehen könnte. Dann gingen wir gemeinsam rüber. Ich nahm den toten Vogel hoch und bewegte seine Flügel, die, und das ist etwas Besonderes bei einem Ara, nicht gestutzt waren. »Schauen Sie, Frau Miekelmanns! Seine Brust ist von ganz anderer Farbe als seine Schnabelhaare, oder besser Federn. Ich denke, er hat sich umgebracht!« – »Neiiin! Das kann doch wohl nicht wahr sein, Frau Schneider!« Die Frau war verwundert. Ich wies darauf hin, daß sie selbst daran schuld sei und daß diese Schuld auch bis ins hohe Alter ihre ganze Persönlichkeit belasten würde, sie könne sich gleich auch mit aufhängen. »Sozusagen einen Papagei auf dem Gewissen, Frau Miekelmanns! Unerhört! Das arme Tier! Ich habe ihn so geliebt! Lassen Sie mich in Ruhe! Auf Wiedersehen!« Und dann schlug ich die Tür zu, daß der Putz von den Wänden fiel und das ganze Haus wackelte. Eine Woche später kam dann die Kündigung, ich hätte genau drei Monate Zeit, mir eine andere Wohnung zu besorgen. Und sie war im Recht, weil wir nur einen Mietwohnvertrag auf Zeit ausgehandelt hatten. Ich hatte Glück und fand noch in derselben Woche ein hübsches kleines Appartement. Es war allerdings so teuer, daß ich im Leben nicht daran dachte, es in irgendeiner Art und Weise zu bezahlen, deshalb gab ich einen falschen Namen an: Christiane Kolundt. Mir gefiel dieser Name, und ich verwende ihn manchmal noch heute, wenn ich krumme Dinger drehen will. Parallel suchte ich erneut ein Zimmer. Ich schaute mal an der Universität nach, ob Studenten mir eventuell behilflich sein konnten dabei.

Manchmal liest frau ja solche Anschläge wie zum Beispiel: Suchen noch eine Frau zur Komplettierung unserer Wohngemeinschaft. Ob ich da mal hinterhersein sollte? Ich fand eine ähnliche Anzeige unter der Rubrik »Frauen-WG«. Einfach mal dahingehen kann ja nicht schaden. Und was soll ich sagen, ich war überwältigt! Diese vier Frauen, die sich da eine Kollegin zwecks Mitwohnen suchten, waren zwar nur bruchstückweise emanzipiert, sie sprachen auch unsere Sprache, aber wenn ich da mal richtig die Augen aufmachte, sah frau hier und da männliche Einflüsse! Die waren auch noch sehr jung, da muß frau noch einiges lernen. Und das konnten sie von mir. Oh ja! Ich zog dort ein und gab täglich eine Stunde Unterricht in Sachen Emanzipation und die dazugehörige Wut. Eine Spezialität von mir.

Ich weiß nicht, warum ich wieder angefangen habe, zu klauen. Ich habe es zuletzt in meiner Schwangerschaft getan. Oh, jetzt fällt mir ein, daß ich ja eigentlich Mutter bin. Ich hatte keine Beziehung zu meinem Kind, es ist ja nur ein Junge, aber vielleicht bekomme ich ihn ja doch mal zu Gesicht. Wenn ich nach Griechenland in Urlaub fahre? Ob die da denken, ich würde den Jungen vermissen? Vermißte ich ihn denn? Noch nicht, aber ich hatte manchmal ein so merkwürdiges Gefühl. Ich war eben Mutter. Na ja, ich klaute in Kaufhäusern. Und zwar mit viel Geschick. Weißen Kittel an, oben in der Brusttasche ein Zettel und zwei Kugelschreiber, und dann ging ich z. B. in den Kaufhof und nahm einen Receiver und dazugehörige Boxen unter den Arm und ging langsam Richtung Ausgang, dabei schaute ich mich noch nicht einmal um. Und ich ging beispielsweise noch ein paar Umwege durch die Bücher-Abteilung, um mal in das eine oder andere Buch reinzuschauen. Genauso machte ich es mit wertvollen Teppichen. Nach einer Woche hatten wir in der WG die allerschönsten Perser liegen. Und toften Sound aus der Anlage! Rolling Stones zum Beispiel. Scheißtypen, aber ihre Musik ist toll. Viele Frauen stehen auf Rock & Roll. Es gibt auch tolle Frauenrockbands! The Slits, eine Band, die kein Blatt vor den Mund nimmt. Aber mir, die ich ja aus einer völlig anderen Generation stamme, liegt mehr so etwas wie Margot Werner oder meine absolute Lieblingssängerin, sie ist eigentlich gar keine richtige Sängerin, sondern Entertainerin, Lisa Fitz. Eine tolle Frau. Ihr Mann ist Perser! Das muß frau sich mal vorstellen! Die hat den ganz bestimmt im Griff. Ach, hätte ich damals, als ich noch verheiratet war, solch eine schier unbändige Kraft wie diese Powerfrau gehabt, dann wäre aus meinem Männe bestimmt auch etwas geworden. Ich hätte vielleicht mit ihm wie mit einer anderen Frau sprechen können. Aber generell, die Männer wissen einfach zu wenig von Frauenproblemen, deshalb sind sie auch so blind, wenn es um unsere Belange geht. In der Politik haben immer noch die Männer das Sagen, aber hört zu, bald kommt der Tag, da spricht die ganze Welt von einer Kanzler*in*, jawohl!

Der Winter kam mit Riesenschritten. Ich arbeitete an einem neuen Buch: Die Elektrizität, anschaulich für Frauen beschrieben. Ich hatte viele Fotos aufgenommen von Strommasten und so, ich entwickelte die Aufnahmen selber in unserem Gemeinschaftsraum. Die Fenster hatte ich mit Mulchfolie, wie frau sie in Gartenbedarfsgeschäften bekommt, zugeklebt. In der WG machte auch das Fernsehgucken jetzt mehr Spaß. Zum Glück gibt's ja jetzt TM 3, ein eigener Sender nur für uns! Da liefen dieselben Filme wie in den anderen Programmen, aber extra zu Zeiten ausgestrahlt, wo frau gerne guckt. Und zwar den ganzen Tag. Ich fotografiere für mein Leben gern, es macht mich total ausgeglichen. Ein guter Apparat gehört dazu. Er ist nicht billig. Aber wenn frau gut klauen kann? Bei Fotoartikeln muß frau allerdings gut aufpassen. Da kann auch mal etwas danebengehen. Die Kaufhäuser haben solche Absperrungen für Fotoartikel und auch Audiosachen. Normalerweise kommt frau da nicht ungeschoren raus. Auch hier hilft absolute Frechheit. Kissen unter den Pullover, Zange dabei, diese Scheiß-Magnetkarte oder so abgekniffen, dann schellt deren Alarmanlage, nichts anmerken lassen und an der Kasse zwei Batterien kaufen. In der Zeit suchen die den Alarmauslöser. Das geht allerdings nur, wenn der Laden ein bißchen größer ist und voll von Leuten. Keiner mutet gerade dir zu, so einen Diebstahl begangen zu haben. Am besten klaut frau, wenn zufällig Türken in der Abteilung sind. Frau kann sich nachher ja bei denen entschuldigen, einen Döner kaufen oder von mir aus auch zwei, drei von den dünnen runden Broten, die aus Wasser und Mehl gebacken werden.

Auf jeden Fall schrieb ich an diesem Buch. Ich kann hier mal kurz näher darauf eingehen. Die Elektrizität ist den Frauen bisher immer irgendwie vorenthalten worden, in der Schule haben wir ja bekannterweise eher Handarbeiten, die Jungens dafür Physik, das ist stark an Elektrik gebunden. Da in der früheren Zeit die Menschen sich nicht vorstellen konnten, daß auch Frauen eines Tages mal alleinerziehend sind oder anderweitig auf sich allein gestellt, wurde nie etwas unternommen, daß Frauen auch hinter die Geheimnisse des Stroms kommen. Der Strom selber ist einfach. Er kommt aus der Steckdose – denkt frau! In gewisser Weise stimmt das sogar. Aber er geht vorher einen langen Weg. Der Strom kommt nämlich aus der Erde. Viele Männer arbeiten unter Tage. Das ist gut so, da sind sie nicht zu sehen. Aber Spaß beiseite, diese Männer sind Gold wert, und deshalb auch von mir anerkannt. Aber nur unter Tage, da möchte ich drauf hinweisen. Sie schleppen Kohle in die Förderbänder, und diese Kohle geht nach oben in die dafür vorgesehenen Behälter. Mit sogenannten Loren, oder heißen die Hanneloren? – mit diesen Wagen, die dann voll sind, fährt die Kohle zum Werk. Da wird sie gekocht, und der Qualm wird in großen Kesseln zusammengepreßt, wie ich es mal nennen will, herausgedrückt in Eisenziehharmonikas, die in der Landschaft stehen. Diese Ziehharmonikas lassen die Qualmkraft noch mal richtig verrückt spielen, dann wird das Endprodukt in Kabeln in die einzelnen Haushalte geliefert, damit keine Person mehr mit Eimern oder Taschen zu den Leuten muß, um das Zeug zu bringen. Und diese Kabel enden beispielsweise in der Küche in der Steckdose hinter dem Herd. Der Herd holt sich alles, was er braucht, aus der Steckdose, und am anderen Ende sitzen die Rechner und rechnen zusammen, dann bekommt frau zum Ende des Monats die sogenannte Rechnung geschickt. Einfacher geht's kaum.

Sparsamkeit ist hier höchste Verordnung. Je sparsamer du mit Strom umgehst, um so weniger zeigen die Rechnungen an bezahlbarem Geld auf. Also, Achtung bei Strom! Und noch etwas ganz, ganz Wichtiges! Der Strom ist giftig! Komm nicht damit in Berührung! Krämpfe werden kommen und Hautrötungen! Keinen Strom berühren! Außer: Mit der Zange. Mit einer guten Zange, sie muß allerdings schön bunt sein, kann frau Strom gucken. Der Strom ist einer der interessantesten Stoffe. Er macht viel. Auch Autos fahren mit Strom, denn der Motor erzeugt nichts anderes als: Strom! Die Zündkerzen werden mit Strom in Gang gebracht, den der Motor während der Fahrt liefert. Dadurch werden die Räder volle Kraft voraus in die Richtung gedreht, die frau haben will. Will frau rückwärts, muß sie den Motor mit dem Ganghebel umdrehen. Es wird natürlich nicht der ganze Motor herumgedreht. Nur ein kleiner Teil. Der Rückwärtsgang wird allerdings selten benützt, nur beim Wagen waschen oder beim Rückwärtsrennen, ein Spezialrennen. Zurück zum Strom im Haushalt. Er ist viel wichtiger als zum Beispiel ein Mann. Oder könnt ihr euch vorstellen, daß ein Mann beim Bügeln die Schnur gerade hält? Nein, dafür ist die Steckdose da. Einfach das Bügeleisen mit der Schnur in die Wand gesteckt, und das Kabel bleibt schön stramm. Noch ein paar Tips zum Bügeln selber: Niemals das Bügeleisen auf dem nackten, angewinkelten Bein abstellen, es ist heiß. Reibung erzeugt Wärme, und beim Bügeln wird ziemlich viel mit dem Eisen über die Wäsche gerieben. Also Finger weg vom Bügeleisenunterteil! Verheiratete Frauen können jedoch das Bügeleisen zeitweise auf der Glatze des Ehemannes abstellen, wenn zum Beispiel umgelegt

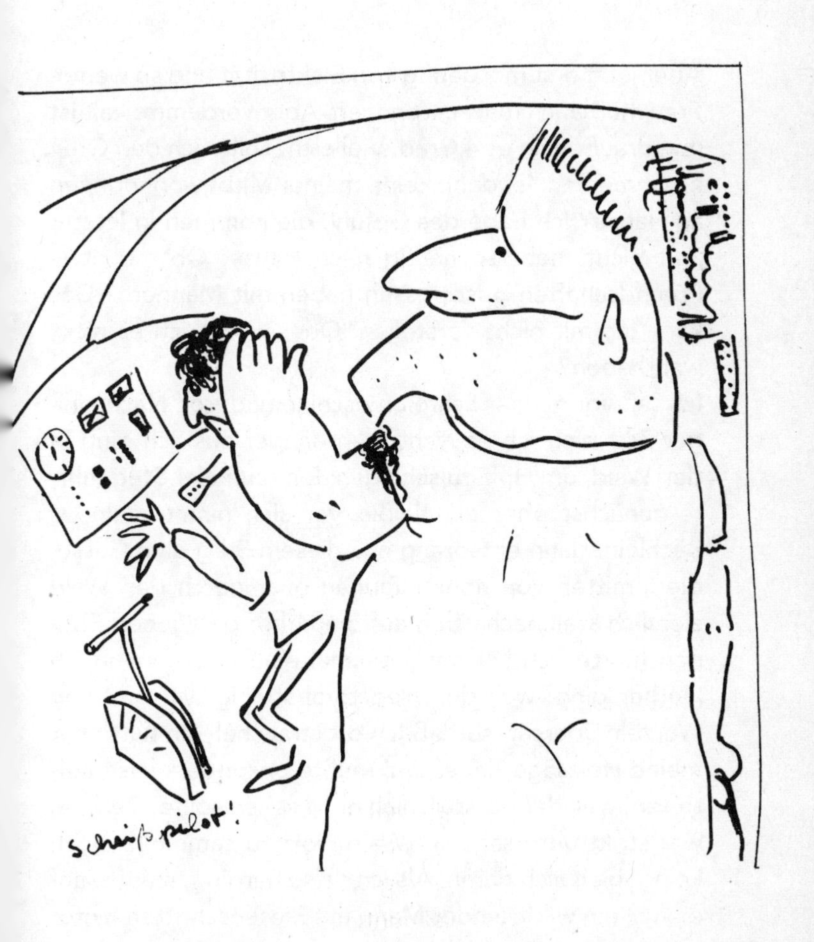
Scheißpilot!

wird. Die Reaktion des Ehepartners sollte frau nicht beachten, es ist nur schwächliches und feiges Gejammer zu falscher Zeit.

Aber jetzt erst mal genug von Elektrizität und so weiter. Frau muß auch mal ausspannen. Aber verdammt kalt ist mir, draußen ist es 4 Grad. Vielleicht sollte ich den Ofen anschmeißen. Ist denn keine meiner Mitbewohnerinnen zu Hause? Ich habe das Gefühl, die kommen in letzter Zeit nicht mehr so häufig nach Hause. Ob die etwa Freundschaften geschlossen haben mit Männern? Das kann ich mir nicht vorstellen. Oder wollte ich es nicht wahrhaben?
Ich saß vor meiner Schreibmaschine und fror. Nach einiger Zeit hielt ich es nicht mehr länger aus. Ich ging in den Wald, um Holz zu schlagen. Ein schmaler Steg führte zunächst über ein fleißig vor sich hinmurmelndes Bächlein, dann entsprang aus diesem Steg eine Gasse, die inmitten von hohen Tannen quer durch den Wald ziemlich steil nach oben auf die höher gelegenen Ebenen führte. Ich lief mir jedesmal eine Blase, wenn ich hierher ging, weil der Weg total steinig war und von Wurzeln übersät, so daß ich oft strauchel. Ich hatte nur meine Holzsäge dabei und mußte besonders leise auftreten, weil der Förster mich nicht sehen sollte. Denn es war strikt untersagt, im Wald Holz zu sammeln. Doch keiner hielt sich daran. Als ich da so herging, stapfte auf einmal ein wildfremder Mann mit Riesenschritten hinter mir her. Kein Zweifel, er wollte mich überfallen. Vergewaltigung war etwas, worauf ich spezialisiert war. Ich

freute mich schon im voraus diebisch über das Gesicht, das der Typ machen würde, wenn er von fachkundiger Karatehand ausgetrickst wird. Jetzt war er fast auf meiner Höhe. Ich konnte sein Gesicht sehen. Es strahlte eine verlogene Freundlichkeit aus. Jetzt wollte er sprechen. Was wollte er bloß sagen? Ich hörte ihn nicht mehr, denn ich wirbelte bereits hoch in der Luft und riß ihm mit vollem Schwung meiner wanderschuhbeschwerten Beine das Gesicht auf. Dabei mußte er eine ganze Galerie Zähne verschluckt haben, er brabbelte vor sich hin, daß er mich nach der Uhrzeit oder so fragen wollte. Ich dachte, ich spinne!
Liebe Leserinnen, Sie wundern sich vielleicht, daß ich so häufig Gewalt propagiere? Hier die Antwort: Ich liebe es einfach, meine Fäuste sprechen zu lassen. Warum weiß ich selbst nicht. Dafür bin ich nicht zuständig.
Jetzt versucht der Kerl sich auch noch frech zu machen! Und noch einmal haute ich ihm mit beiden Fäusten gleichzeitig unters Kinn, so daß er bockbeinig und ungelenkig hinten überspannte, dann mit dem Hinterkopf auf den weichen Waldboden aufschlug. Dann vergewisserte ich mich, ob er auch nicht zu großen Schaden genommen hatte von meiner Behandlung, und klärte ihn darüber auf, daß er doch bitte nie wieder versuchen sollte, einer Frau hinterherzulaufen. Er kam mir übrigens schon sehr betagt vor. Pfui, schäm' dich, Alter!
Dann sammelte ich seelenruhig mein Holz zusammen. Als ich nach Hause kam, erblickte ich eine Ansammlung von Polizisten vor unserer Wohngemeinschaft. Was wollten die denn hier? Ich stemmte mich durch die Bullen durch und schloß meine Wohnungstür auf. Daraufhin fragte mich der eine Bulle, ob ich da wohnen würde.

Natürlich wohne ich hier, und was macht er denn hier, hat hier jemand was verbrochen? » – Jetzt kommt ihr uns schon bis nach Hause hinterherspioniert! Könnt ihr nicht mit euren verdammten bepißten Herrenunterhosen bei euren verschüchterten Hausmütterchen zu Haus sitzen bleiben, anstatt anständigen Frauen wie wir es sind, einen Knopf an die Backe zu labern mit eurer beschissenen Bullenpolitik, ihr Schweine?!« Das hatte gesessen. Sofort wurde ich verhaftet. Anschließend brachten sie mir bei, daß ein gewisser Herr André Anzeige erstattet hat gegen mich wegen Körperverletzung mit Folgeschäden. Daß ich nicht lache, hatte der Kerl aus dem Wald doch tatsächlich den Bullen was vorgelogen. Aber ich war einfach zu stolz, zu erklären, wie es wirklich gewesen war. Da sollten sie schon selber hinterkommen, die »Experten«!

Ich wurde natürlich nicht festgehalten, da keine Verdunklungsgefahr bestand. Nach ein paar Tagen kam ein Brief mit der Post. Herr André nahm seine Anzeige zurück, er hatte wohl gesagt bekommen, daß er ohne Zeugen keinen Erfolg auf eine eventuelle pekuniäre Wiedergutmachung hätte. Klar, der Kerl war sauer. Ich lachte mir ins Fäustchen. Aber eigentlich hat er ja seine gerechte Strafe von mir schon bekommen. Mir ist plötzlich schlecht. Schnell eine Zigarette aus der Packung geschnipst. Ohne Rauchen kann ich nicht mehr. Wenn ich nicht bald mal Einhalt gebiete, habe ich sicherlich bald Schwierigkeiten mit meiner Gesundheit. Aber ich will hier nicht um Mitleid heischen. Viele Schriftstellerinnen rauchen und trinken übermäßig. Gerade in meinem Fach, also Sachthemen, mehr wissenschaftlicher Art. Weil das Schreiben auch für diejenige, die das aufs Papier bringt, manchmal sehr eintönig sein kann. Da habe ich eine tolle Idee: Ich fahre für eine kurze Zeit aufs Land! Oder besser noch nach Österreich! Da habe ich glaube ich Verwandte. Und die haben mich noch nie gesehen. Die werden sich bestimmt freuen, wenn ich mich da mal melde. Mit der Eisenbahn reiste ich nach Österreich. Die Leute, wo ich hinwollte, wohnten mitten im Gebirge. Nach einer Odyssee (Im übrigen kommt mir mein ganzes Leben wie eine Odyssee vor!) war ich endlich angekommen. Ich schellte Sturm. Als der betagte Almöhi, der angeblich mein Onkel sein sollte, endlich die Tür aufmachte, die übrigens nur ein altes morsches Brett war, fiel ich ihm um den Hals und rief Guten Abend und daß ich mich total freuen würde, da zu sein. Dann stratzte ich in die Küche und schmierte mir ein paar Schnitten. Dazu trank ich den Wein, den meine angebliche Tante im Keller selbst getreten hatte. Sie schaute mir mit argwöhnisch zusammengekniffenen Augen zu. Den ganzen Abend wurde kein Wort gewechselt. Der Käse auf den Butterbroten war von freilaufenden Ziegen gewonnen. Er schmeckte mir ganz gut, ich esse gerne so anthroposophisches Gewabbel. Die beiden Eheleute gingen ziemlich früh zu Bett. Ich schrieb meiner angeblichen Tante noch ein paar Zeilen auf. Ich schlug ihr vor, mal eine Frauengruppe aufzusuchen und von ihren Problemen zu sprechen. Dann schob ich ihr den Zettel unter der Tür durch, denn ich konnte wohl am nächsten Morgen nicht mehr mit ihr sprechen, da sie bereits um 4 Uhr aufstehen wollte. Und morgen wollte ich dann, wenn die beiden Eheleute auf der Alm die Kühe zusammentrieben, schon längst im Zug nach Hause sitzen, denn ich hatte ziemlich schnell die Schnauze voll von diesem Land, in dem die Frauen nichts zu sagen haben, außer vielleicht mal ein bißchen jodeln.

Ein Mann ist ein Wesen, dem frau lieber aus dem Weg geht, solange es diesen Weg noch gibt. Das ist ein alter Satz von mir, mit dem ich schon vielen Frauen Hilfe gab in Situationen, in denen frau schnell handeln muß. Eine Bekannte von mir hatte dieses Problem gerade. Ihr Mann machte sich in dem gemeinsamen Haushalt immer mehr breit, immer mehr waren seine Wege innerhalb der Wohnung breiter geworden, seine Marke, wie wir sagen, lag schwer in der Luft. Die Frau hatte das Nachsehen. Ihre Persönlichkeit drohte unter der schweren Last, die der Mann tagtäglich auf sie herabließ, lediglich durch seine Existenz, zu zerbersten. Hier mußte gehandelt werden. Zum Glück erzählte sie mir von ihrem Unglück. So konnte ich ihr hautnah beistehen und den Mann, der sich zu breit machte, entfernen. Und das geschah wie folgt: Ich lud mich zu einer Tasse Kaffee ein. Wir saßen im Wohnzimmer, nach einer Weile ging die Tür auf, und der Mann kam von der Arbeit nach Hause. Sofort fing ich mit ihr über ihn ein Streitgespräch an, von dem der Mann, der uns aus dem Nebenzimmer belauschte, so ziemlich alles mitbekam. Ich sagte, dieser Typ von Mann allein würde mich schon zum Kotzen reizen, und dann flüsterte ich mit ihr. Sie sollte

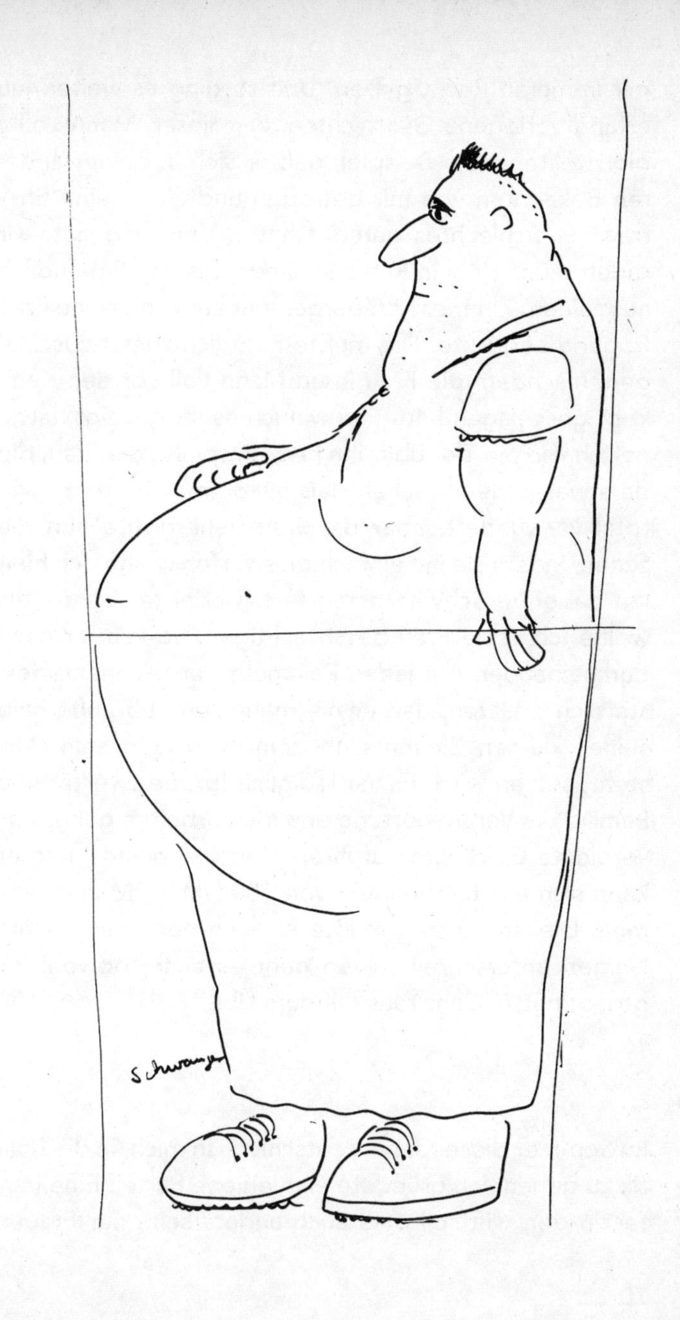

mir immerzu Recht geben. Und so ging es weiter. Ich erfand verlogene Geschichten, die diesen Mann völlig bloßstellten, zum Beispiel, daß er sich mit einer anderen Bekannten von mir getroffen und über seine Ehefrau nur Schlechtes geredet hätte. Kurz und gut, wir redeten uns total in Rage, so lange, bis der Typ endlich aus seinem Zimmer herübergerannt kam und seine Frau fragend anguckte. Die mußte natürlich zuerst zuschlagen. Nachdem die Frau ihren Mann voll vor den Kehlkopf geschlagen hatte, so wie ich es ihr gezeigt hatte, fiel ich wie ein Tier über ihn her. Ich spielte die Frau, die da etwas in den falschen Hals bekommen hatte. Er war total verwundert, aber die Frau beherrschte nun die Szene, indem sie ihn einfach rauswerfen wollte. Ich hielt ihn dabei im Schwitzkasten fest. Dabei tat ich so, als wollte ich seine Frau beschwichtigen. So kam er ganz durcheinander. Auf jeden Fall mußte er nachher eidesstattlich erklären, daß er nie mehr den Fuß außerhalb seines kleinen Zimmers, in dem auch jetzt sein Bett steht, setzen wird. Er hat lediglich für die zweiköpfige Familie die Verantwortung und muß arbeiten gehn. Das verdiente Geld wird auf ihrem Konto angelegt, und er kann sich ein Taschengeld von 180 DM im Monat nehmen. Diesen Vertrag mußte er auch noch mit seinem Namen unterschreiben. So geht es auch, obwohl ich gesagt hätte: Ganz raus mit dem Übel.

Im Sommer dieses Jahres entschied ich mich, in die Politik zu gehen. Ich gründete eine eigene Partei. Eine Partei, in der, wie sollte es auch anders sein, nur Frauen

zugelassen waren. Als erstes mußte ein Versteck im Wald für Waffen her. Denn ich dachte: wenn schon, denn schon. Es kann ja mal sein, daß sich Männer in unseren Reihen einschleichen wollen, dafür muß frau gerüstet sein. Wir übten heimlich im Wald mit Pistolen, die wir in einem Bundeswehrdepot geklaut hatten. In einem selbstgenähten Kuhkostüm waren ich selbst und zwei andere Mitglieder der Frauenpartei – sie hat übrigens auch einen schönen Namen, auf den ich später noch zu sprechen komme – auf das Kasernengelände eingedrungen. Den Soldaten, die Dienst hatten, war der Anblick einer grasenden Kuh vertraut. Die Kühe in der Gegend grasten schon immer auch auf dem Gelände der Bundeswehr. Der Kompaniechef duldete dies, damit er, wie wir später erfuhren, sich heimlich Milch zapfen konnte. Für leckere Kuhmilch bezahlst du mittlerweile einen ziemlich happigen Betrag. Ich stand ganz vorne in dem Kuhkostüm, und die beiden anderen Frauen waren das Hinterteil. Wenn wir dabei nur nicht so gibbeln mußten! Aber es war vielleicht auch eine seltsame Situation! Am hellichten Tag, das muß frau sich mal vorstellen!
In diesem Aufzug brachen wir die Kellertür zum Waffendepot auf, ohne daß jemand etwas bemerkte. Dann stahlen wir, soviel wir tragen konnten, auch Munition und vor allen Dingen Feuerwerkskörper, da wir damit etwas Besonderes vorhatten, wir wollten nämlich ausgelassen die nächste Walhallanacht feiern, so wie sich das gehört! Und das wurde ein Fest, das kann frau sich als normaler Mensch überhaupt nicht mehr vorstellen! Leider verlor eine unserer Mitgliederinnen dabei zwei Glieder ihrer linken Hand. Sie war noch nicht sehr erfahren im Umgang mit Raketen. Schade, sie wurde aus der

Partei dann ausgeschlossen, weil wir sie erwischt hatten, wie sie mit einem Mann über den Markt ging. Alles Bitten und Betteln und Entschuldigen halfen nicht, auch nicht, als sie uns erklärte, es wäre ihr Vater gewesen. Gerade deshalb konnten wir sie nicht mehr aufnehmen. Wir stehen für eine vaterlose Gesellschaft, da spricht sich schnell rum, wenn eine mal mit ihrem Vater auf dem Markt war. Als Politikerin wird frau dann unglaubwürdig. Es ist Wahlbetrug. Aber so weit war es ja noch nicht. Überhaupt, wir hatten es ziemlich schwer, wir hatten sehr, sehr wenige Mitgliederinnen. Am Ende stieg ich wieder da aus, ich konnte die Diskussion nicht länger ertragen, ob eventuell wegen Mitgliederinnenmangel jetzt auch Männer zugelassen werden sollten! Wofür hatte ich mich abgerackert? Und ich bedaure heute ganz besonders die Auflösung dieser wundervollen Frauenpartei, denn sie hatte einen wunderschönen Namen: Partei der zärtlichen Cousinen.

Seit Monaten las ich mit Begeisterung die Heiratsanzeigen. Ich staunte über mich selbst. Ja, ob ihr es glaubt oder nicht, ich wollte wieder heiraten. Warum wollte ich mir das wohl antun? Richtig, ich hatte Lust auf Prügeleien! Im Bodybuildingstudio hatte ich mir eine nagelneue Figur angearbeitet. Auch hatten die verschiedenen Anabolika, die ich jetzt zu lieben begann, dazu beigetragen, daß ich fast so aussah wie Arnold Schwarzenegger.

Mit anderen Worten, der Partner, mit dem ich es aufnehmen wollte, mußte wohl, damit ich auch Spaß hätte,

ein Spitzensportler sein. So einen Typen wollte ich mal so richtig fertig machen. Ich hatte vor, ihm sein ganzes Leben zu versauen.
Wundern Sie sich wieder, daß ich so sehr zur Gewalt neige? Ich mich auch! Aber ich kann ja nichts dafür. (Ich hatte ja bereits darauf hingewiesen. Meine Vermutung ist übrigens meine Kindheit.)
Diese Anzeige sprang mir regelrecht ins Gesicht: Junger, gutaussehender, 120 Kilogramm schwerer und außerordentlich sportlicher Junggeselle, Kämpfernatur, Nichtraucher, Nichttänzer, Nichtverdiener will sich in die Arme einer selbstbewußten Frau übergeben! Ernstgemeinte Zuschriften mit Foto an ... und dann kam eine Nummer, die ich nicht entchiffren konnte. Ich ging in den Bahnhof und schoß ein paar Selbstbildnisse mit dem dazugehörigen Fotografierautomaten in dem kleinen Häuschen. Die schlimmsten Aufnahmen zerriß ich mit schamgerötetem Gesicht. Eine war ganz gut, die schickte ich dem Tölpel nach Hause. Rosen konnte ich nicht mitschicken, denn es war ja nur die Chiffrenummer. Es dauerte etwas, dann kam mit der Post eine Einladung in eine Eissporthalle. Verdammt, wann war ich das letzte Mal Schlittschuh gelaufen? Lichtjahre her. Egal, so was verlernt frau nie. Abends ging ich dann dahin. Ich brauchte ja meinen Mitbewohnerinnnen nichts davon zu erzählen. Außerdem war bei mir ein Mann ja in den »richtigen« Händen. Ein bißchen schlechtes Gewissen hatte ich schon, weil ich denen zu Hause ja inbrünstig erklärt hatte, niemals überhaupt mit einem Mann zu sprechen, geschweige denn Schlittschuh laufen zu gehen. In der Eissporthalle war der Teufel los. Ich lieh mir Schuhe, und dann ging ich mit wackeligen Beinen

aufs Eis. Ob er mich aufs Glatteis führen wollte im wahrsten Sinne des Wortes? Aber wenn ich ihn kennenlernen wollte, mußte ich diesen Schritt tun. Es gefiel mir sogar ganz gut. Nach ein paar Übungsrunden wirbelte ich schon in gewohnter Manier übers frisch abgezogene Eis. Immer wieder schaute ich mich nach jemandem um, den ich ja noch nicht gesehen hatte, ich wußte nur, es muß sich um einen ziemlich kräftigen Kerl handeln. Schon war meine Zeit bald um, wo blieb der Typ denn?! Da erspähte ich jemanden, auf den die Beschreibung hinhaute, am Rande des Eiskanals. Der Typ starrte gebannt auf meine Titten. Klar, das mußte das Schwein sein! Mit einem doppelten Rittberger sprang ich ihm förmlich ins Gesicht und bremste erst kurz vor ihm, so ungefähr zwei Zentimeter. Eis sprühte ihm ins Gesicht. Das war er. Er applaudierte mir mit seinen ekelhaften riesigen Flossen. »Grüß dich, ich bin der Erwin!« Ich stellte mich ihm dann auch vor, weil ich ihn ja erst mal rumkriegen mußte, daß er mich heiratet. Ansonsten hätte ich ihm jetzt hier vor versammelter Mannschaft voll eins in seine gierige Fresse gehauen! Noch nicht mal selbst in die Schlittschuhe steigen, nein, mir zugukken, ob ich auch eine sportliche Figur mache! Na warte! Wenn Du anbeißt, wird kein Tag in deinem jämmerlichen Leben mehr sein, wie du es dir so gedacht hast. Ich rieb mir geistig die Hände. Dann gingen der Zuchtbulle, wie ich ihn hier mal nennen möchte, und ich ein Eis essen in der Cafeteria, die sich über der Eislauffläche befindet.

Damit er schon am Anfang merkte, aus welchem Holz ich geschnitzt bin, aß ich vor seinen Augen zwei Riesenportionen Jägerschnitzel mit Pommes und Salat. Dann trank ich noch drei Liter Coca-Cola. Ihm schien das zu imponieren. Als ich noch eine Handvoll Anabolika in meinen aufgesperrten Rachen herabgleiten ließ, war es um ihn geschehen, glaube ich. Er hatte sich in mich verknallt wie noch nie in seinem Scheiß-Leben. Ich machte erst mal auf halblang und ließ ihn schön nach Hause wackeln, nix hier mit Popperei oder so! Das sollte später kommen, aber auch nur wirklich ein einziges Mal. Ich würde mir eine Nasenklammer anziehen müssen, denn der Typ stank außerordentlich stark nach seinem eigenen Körper. Männergeruch! Pfui! Was für eine abscheuliche Mischung von Scheiße, die sie sich in ihre Unterhosen kleckern, von zu starkem Parfüm und Zigarette. Obwohl der Kerl angeblich nicht rauchte! Hatte er mich angelogen? Ich barst vor Wut. Er merkte es nicht. Mir stand Schaum vor dem Mund, als er weg war.

Ich konnte es nicht. Nein, ich konnte diesen Mann nicht noch einmal sehen, ohne ausfällig zu werden. Er wollte mich am nächsten Tag schon besuchen. Er rief morgens an, eine meiner Mitbewohnerinnen nahm den Hörer auf. Das war natürlich ziemlich peinlich, weil ich ja sonst immer predigte, sie sollten die Finger von Männern lassen. Aber ich überredete meine Freundinnen, dabei zu sein, wenn er kommt, dann würden sie eine Lektion von mir bekommen, nur dafür hätte ich den Typen aufgerissen. Das war ein Hallo, als die Schelle ging und der Zuchtbulle die Treppe hochkam! Ich nahm ihn in Empfang. Er schaute etwas verwundert, weil er sofort am Nacken genommen und ins Schlafzimmer gestoßen wurde. Dann riß ich ihm die Hose und den Joggingpullover vom Körper und rief mein bekanntes: »Fick mich, du Schwein!« aus. Der war so doof, der machte das auf Kommando. Die Mitbewohnerinnen standen schon in Position. Sobald das Gepoppe aufhörte, stieß ich ihn mit ganzer Kraft mit den Ellenbogen in die Hüften und riß ihn hoch, die anderen nahmen ihn von hinten mit dem Unterarm um den muskulösen Hals, und er erstickte fast, als er versuchte, sich umzudrehen und zu gukken, wer denn da noch sei. Ein schmerzvoller Tritt vors Schienbein, dann ein, zwei beherzte Handkantenschläge auf seine Augenpartie und dann noch mit gestrecktem Bein in den Unterleib. Die Mitbewohnerinnen zogen ihn auf den Flur hinaus, und ich gab ihm einen Tritt in den Arsch mit den Worten: »Und beehren Sie uns nicht so bald wieder, alter Schwede!« Ich glaube, der Typ hat seinen Auftritt bis heute nicht vergessen. Er hat sich nie wieder gemeldet. Ich jedoch erwartete ein Mädchen von ihm. Woher ich es so genau weiß? Das fühlt frau. Von da ab ging ich nicht mehr ins Bodybuildingstudio, aber wieder klauen. Meine Mitbewohnerinnen halfen mir dabei. Und was soll ich noch sagen, wir gründeten sogar eine sogenannte Frauengruppe! Etwas völlig Neuartiges damals! Eine Frauengruppe. Eine richtige Frauengruppe, wieso war ich denn nicht eher darauf gekommen. Ich führte das Kassenbuch. Der Eintritt kostete zehn Mark im Monat. Nach einer Weile hatten wir schon über hundert Mark in der Kasse. Wir mieteten für unsere neue Frauengruppe sogar eine Art Büro. Vierzig Quadratmeter. Und dann hatte ich die Idee des Jahrhunderts! Ich wollte eine Zeitung nur für die Frau verlegen! Aber der Name! Was für einen Namen soll frau dafür nehmen? Ich entschied mich, meinen eigenen Namen mitzuverwerten. Ich nannte

beim Kugelstoßen.

meine Zeitung: Helga Maria. So einfach war das. In der ersten Auflage hatte die Zeitung fünf Blätter, die in der Mitte gefaltet waren, also zehn Blatt, das heißt fast zwanzig Seiten. Und diese zwanzig Seiten waren erst einmal vollzukriegen! Ich fotografierte ja für mein Leben gern, wie Ihr wißt. Also machte ich schöne Fotos von Frauen, wie sie sich selbst gerne sahen. Nicht so, wie die Männer das bevorzugten! Nein, Frauen im Auto zum Beispiel, meine schönsten Aufnahmen machte ich mit Frauen am Steuer. Eine Rubrik in der Zeitung hieß »Haut die Männer in die Fressen!« Sie hatte sämtlichen Leserinnen gut gefallen. Ich möchte hier voller Stolz mal einen Leserinnenbrief zitieren:
... möchte ich mich total für Eure Rubrik »Haut die Männer in die Fressen« bedanken, weil ich selbst gerne prügele. Ich habe auch schon einen Mann fast totgehauen, deshalb verstehe ich den Witz in der Rubrik gut. Ich möchte Euch alles Gute wünschen, und daß Ihr noch viele, viele Männer richtig schön in deren verdammte Kackfressen haut und auch sonst viel prügelt. Meine Wenigkeit würde gerne mal mitprügeln. Geht das und was kostet das? Danke ...
Nun gut, wir konnten diese rasende Leserin nicht mitmachen lassen, es meldeten sich einfach zu viele. Überhaupt, wir konnten uns nicht über geringen Absatz beklagen. Es war sogar so, daß wir mehrere Auflagen drucken mußten, was besonders viel Arbeit war, denn die Kartoffeln wurden schnell matschig, je nachdem wieviel Zeilen frau mit einer Kartoffel druckt. Nachher stellten wir um von Kartoffeldruck auf Richtig-Druck. Bei einer Firma, es war teuer! Boh, war das teuer! Zu teuer! Wir machten Pleite! Und nun? Tja, so ist es eben

manchmal im Leben, Frau kann nicht alles haben. Zum Glück haben wir einen unbändigen Humor.
Aber die Frauengruppe ging auch ohne die Zeitung weiter, wir kauften jetzt selber Zeitungen. Und lasen sie sogar, was vielleicht verwundert, denn es steht hauptsächlich Scheiße drin. Warum gibt es keine anständigen Frauenzeitschriften, die nicht nur Schnittmuster beherbergen, sondern auch Tips – zum Beispiel, wie frau ohne fremde Hilfe ein Dach deckt. Es fehlt die handwerkliche Komponente in dieser Frauengesellschaft! Alle Frauen, die ich kenne, machen sich immer weiter von den Männern abhängig, wenn sie nicht endlich selbst begreifen, daß Frau alles selber kann.
Ich möchte hier jetzt einige Ratschläge geben für Arbeiten mit Holz. Also, erst mal ist Holz kein künstlicher Werkstoff, sondern von der Natur gegeben. Die Natur stellt den Menschen seit Jahrmillionen Bäume in den Vorgarten. Doch diese Bäume werden nicht abgeholzt, nur ganz selten. Nein, ganz andere Bäume werden abgeholzt, und zwar Bäume, die frau nicht sehen kann, in Südamerika! Diese Bäume sind besser für Küchentische als unsere hiesigen Bäume, weil sie billiger sind! Ja, sie sind viel billiger. Und zwar deshalb, weil das Geld in diesen Ländern kaum etwas kostet. Für nur zehn Mark bekommt man eine Vielzahl von bunten Geldscheinen ausgehändigt, die wären in Deutschland viel, viel mehr Geld wert.
Also geht der Plantagenbesitzer hin und verkauft einen Baum sagen wir mal für ein Zehntel, wie unser kostet. Deshalb kostet ein Küchentisch mit einer schönen Resopalplatte nur ein paar Mark. Aber auch andere Sachen werden mit Holz gemacht. Klaviere, Tische für das

Wohnzimmer, Wickeltische, ein Tisch für unters Aquarium oder der Nähtisch, dann noch der Kneipentisch, der viel höher ist, ich meine den Stehtisch, Klavier habe ich schon aufgeführt. Was bleibt noch? Aha, vielleicht eine Fotokamera aus Holz, oder eigentlich alles, was aus Holz ist. Auf jeden Fall weiß ich einige Gegenstände, ich kann sie nur im Moment nicht aufschreiben, weil ich an was anderes denke. Ah, da bekomme ich schon zum zweiten Male in meinem Leben die Wehen! Ich geh mal eben weg, ich komme dann in zwei Minuten mit dem gesunden Kind wieder. Tschüß, bis gleich.

So, da bin ich wieder. Hier, das Kind. Ein Mädchen, genauso wie ich gesagt habe. Ich nenne es diesmal nicht mehr Ara, sondern anders. Es standen mal wieder einige tolle Namen zur Debatte. Hier eine kleine Auswahl: Jambosala, Natreen, Sherpa, Kackada, Russisch Leder, Stuhlbeinia, Camelia, Texacana, Judäa, Nicole oder Dagmar. Ich entschied mich für den schönen Namen Amaryllis. Nicht? Er erinnert an die Art Pflanze, ist aber ein eingetragener Mädchenname, genau wie Clivia oder Ficus Elastica Dekora. Aber die Namen erinnern mich zu stark an eine Art Blume oder so.
Ich gab Amaryllis sechs Jahre lang die Brust, mal die eine, und nachher in den darauffolgenden Jahren die andere. Dazwischen legte sie aber auch normale Mahlzeiten ein, zum Beispiel kaute sie gerne mal einen Priem. Schon mit drei Jahren rauchte sie wie eine Große. Ich war stolz auf dieses so selbständige Naturkind. Es konnte tagelang vor dem Fernseher sitzen, mit dem Rücken zum Bildschirm. Es machte dem Kind nichts aus, wenn ich mal für drei Wochen an die Atlantikküste

radelte. Ich konnte sie ja nicht immer mitnehmen. Mein Körper gehört ja leider nur mir. Aber sprechen kann sie auch bald, glaub ich, denn sie sagte neulich etwas wie »rölleröll« zu mir. Ich antwortete mit »hubbabubba«. Sie trägt übrigens meine Wanderschuhe auf, ich selbst habe mir neulich neue gekauft. Die alten waren durch.

Rhetorik-Kurse für Frauen! Da mußte ich unbedingt hin! Die Volkshochschule bot noch ganz andere Kurse an, zum Beispiel auch Häkeln für Gehörlose oder aber auch Turnen mit Adalbert Dickut. Turnen war auch schön, da war ich mal kurz dabei. Aber nur ein einziges Mal, denn in diesem Turnkurs waren Männer nicht ausdrücklich verboten, und nachher kommt noch einer da hin und will mitturnen. Der Rhetorik-Kurs war sehr schwer. Das hätte ich nicht gedacht, daß Sprechen so schwer sein kann! Die Lehrerin hatte ihre Mühe mit uns. Aber heute bin ich froh, diesen Kurs besucht zu haben, denn seitdem bin ich noch selbstbewußter geworden. Ich brauche auch nicht mehr sofort, wie ich es früher getan habe, drauflos zu schlagen. Heute arbeite ich mehr mit Worten. Ein zur rechten Zeit angebrachtes richtiges Wort kann schon mal als schwere Waffe eingesetzt werden. Das lehrt auch Machiavelli. Wenn frau in dieser Kunst firm ist, braucht frau keinen Mann mehr zu fürchten. Umgekehrt ist es dann der Fall! Die Kerle gehen reihenweise laufen, wenn ich das will. Ich fang einfach an zu reden. Da kann keiner mehr mitmachen, das kann keiner so schnell verstehen, was ich dann alles von mir gebe. Ich muß allerdings manchmal aufpassen, daß mir

das nicht bei Leuten passiert, die solch eine Behandlung eigentlich nicht verdient haben. Zu diesen Leuten gehört zum Beispiel meine Mutter. Mit der alten SAU rede ich überhaupt nicht mehr. Diese selbstgefällige, alte ScheißKUH. Wie kann eine erwachsene Frau meinen Vater heiraten! Das geht mir nicht in den Kopf. In meinem Kopf ist auch viel zu viel drin, ich denke, ich bin eine der intelligentesten und schillerndsten Figuren, die ich selbst kenne! Themenwechsel, sonst denkt ihr noch, ich will nur angeben!
Also, was wollte ich noch sagen? Viele Frauen haben es heutzutage satt, für dumm gehalten zu werden. Warum stehen zum Beispiel auf Waren in Kaufhäusern nicht mehr die Preise? Was soll das? Muß frau hingehen und diese dämlichen Strich-Codes auswendig lernen? Aber warum nicht! Ich habe es gemacht! Ich kann es! Tja, dazu gehört einiges an Erinnerungsvermögen! Wenn du vergessen hast, wie deine ersten Tage waren, bist Du zum Auswendiglernen von Strich-Codes nicht geeignet, laß es dir gesagt sein, Schwester! Aber was habe ich davon, wenn ich mir die vielen schönen Sachen, die mit diesen Strich-Codes ausgezeichnet sind, sowieso nicht leisten kann, weil mein Verdienst als Frau unter aller Sau ist! Ich bin der Meinung, eine Frau, egal welche, muß vom Staat einen monatlichen Lohn bekommen dafür, daß sie sich bereit erklärt hat, in einer unvollkommenen Gesellschaft herumzulaufen. Immer den geilen Blicken dieser unrealistisch »denkenden« Individuen ausgesetzt, die nur das Eine wollen: Ficken, Ficken, Ficken, Ficken! Und dazu noch am Ende ein kluges Gespräch! Aber zu einem klugen Gespräch gehören zwei, meine Herren! Und da bist du bestimmt nicht bei! Je länger ich

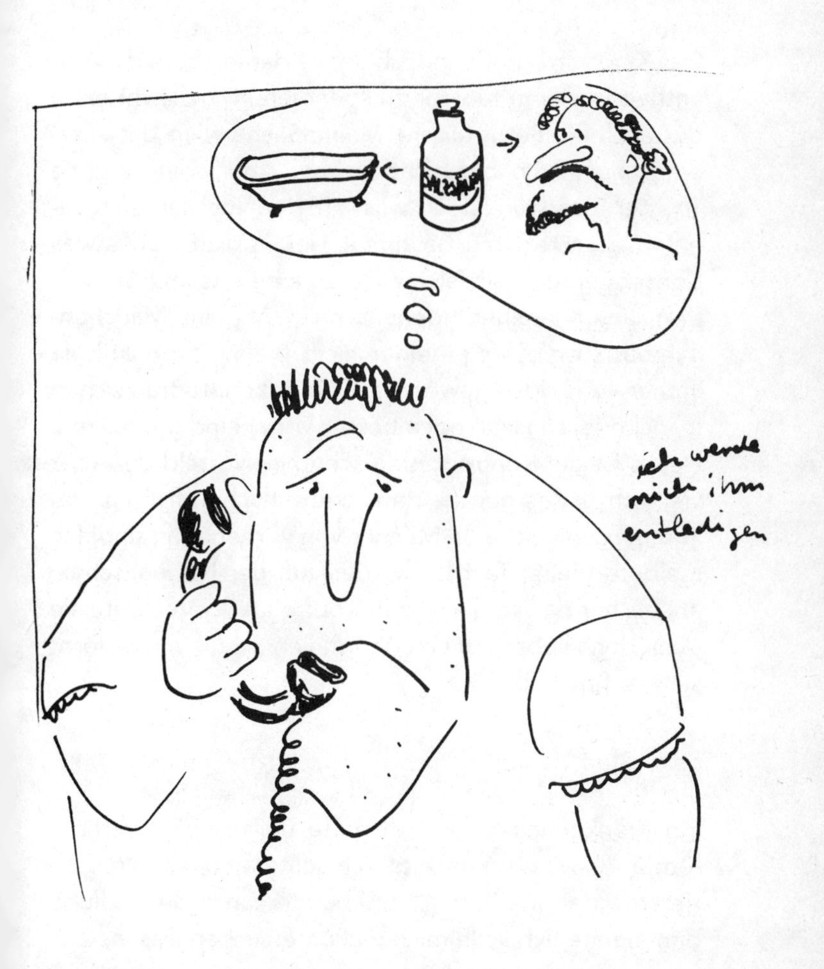
ich werde
mich ihm
entledigen

als Frau mein Frausein hinterfrage, komme ich zu dem Schluß, daß alles, was mich interessiert oder was mich anrührt, mit absoluter Sicherheit nichts mit männlich zu tun hat.

Das Kind wird groß, und ich denke daran, ihr einen Aufenthalt in einem Kloster zu spendieren. Vielleicht wäre das auch ein Beruf für sie. Meine Sache wäre das allerdings nicht. Ich bin nicht fromm. Aber seine eigene Tochter, das wäre doch was! »Meine Tochter ist Nonne!« Da erntet frau bestimmt viel Applaus. So etwas Konsequentes. Toll. Ich meldete sie bereits im Alter von drei Jahren in einer Nonnenschule an. Reine Mädchengymnasien gibt es ja leider nicht mehr. Die Politik ist immer verrückter geworden! Früher konnte frau sich in mancherlei Hinsicht noch besser vom Feind abgrenzen. Heute ist die Konfrontation schon im Vorfeld da. Aber vielleicht ist es gut so, da kann frau schon früh mitbekommen, wie scheiße Männer von vorneherein sind! Ich meldete meine Tochter wieder von der Nonnenschule ab, als mir das so durch den Kopf ging. Ich meldete sie dann doch lieber bei einer normalen Schule an, da lernt sie was fürs Leben.

Ein Krankenhausaufenthalt hatte bei mir eine verheerende Auswirkung gezeigt. Ich sollte an der Galle operiert werden, weil die Ärztin, bei der ich in Behandlung bin, meinte, ich solle mich mal untersuchen lassen, weil ich mich immer so schnell total aufrege! Ich regte mich am meisten über die Typen im Krankenhaus auf, die nichts anderes zu tun hatten, als Skat zu kloppen, vor meinen wartenden Augen. Ich war die einzige, die sich zu der Zeit im Wartezimmer aufhielt. Ich dachte, ich mache mal piano, aber nachdem ich zwei Stunden da gesessen hatte, hatte ich die Schnauze gestrichen voll. »Wer von Euch Skatärschen ist hier eigentlich der Besitzer der Klinik? Mach mal voran! Oder ich hau dir dermaßen eins in deine Grinsefresse, daß du nie mehr ohne Schmerzen auftreten kannst! Hop!« Merkwürdigerweise komme ich mit solchen Maßnahmen immer zu meinem Recht. Ist auch klar, die hatten nackte Angst vor mir. Zwei hemdsärmelige Praktikanten mit milchigen Sextanergesichtern. Abscheulich. Wenn ich deren Eltern wäre, hätten die bei mir in der Küche Lokalverbot. Denen kannst du noch nicht mal beim Kartoffelschälen trauen, daß sie sich nicht selbst die Fingerkuppen abschneiden. Blöde Pinscher. Mit einer Bahre fuhren sie mich in den O. P. Dort waren nach meinem Geheiß ausschließlich Ärztinnen bei der Arbeit. Das heißt, hoffentlich, denn sie hatten schon ihre Mundschützer auf. Ich forderte von ihnen umgehend, die Dinger noch einmal kurz abzunehmen. Und siehe da? Ein männliches Schwesterlein hatte sich doch tatsächlich unter die kleine Ärztinnen-Schar gemischt. Ich sprang mal eben von der Bahre, nur mit dem OP-Hemd verhüllt, und nahm den Übeltäter am Arsch und Kragen, und er flog mit verzerrtem Gesicht durch die Milchglas-Klapptür, landete unsanft auf dem frischgebohnerten PVC-Boden. Hier ist ja Krankenhaus, da können sie den ja wieder zusammenflicken, war mein Kommentar zu dieser Aktion. Ich legte mich selber wieder auf die Bahre und befahl, mich zu operieren. Wie die Wiesel machten sie sich über meinen Körper her. Ich hatte empfohlen, die Sache ohne Betäubung hinter mich zu bringen, weil ich sie dann besser im Griff hatte. Das sahen sie ein, ich galt unter Fachkreisen bereits damals als sogenanntes Schaufenster für medizinische Beobachtungen. Ich hatte mir ein Jahr vorher den Magen herausoperieren lassen, damit Studentinnen sich davon einen Querschnitt machen konnten, danach wieder einsetzen lassen, und alles ohne Betäubung. Ich verspürte während dieser Sache merkwürdigerweise großen Hunger, obwohl der Magen ja kurzzeitig weg war. Das brachte der Wissenschaft die Gewißheit, daß Hunger nichts mit dem Vorhandensein des Magens zu tun hatte, sondern ausschließlich auf geistiger Ebene immer wieder geschürt wird, und zwar mit Hilfe von Essensgewohnheiten, die dem Menschen anerzogen werden! Hättet ihr das gedacht? Ich auf jeden Fall nicht. Aber so lernt frau immer dazu. Jetzt ging es um die Galle. Ein paar Schnitte, und eine der anwesenden Ärztinnen hielt sie mir vor das Gesicht. Ich erkannte meine Galle kaum wieder, das heißt, ich hatte sie mir vollkommen anders vorgestellt. Hier lag ein gelbgrünlicher Knubbel vor mir, der irgendwie Haß versprühte. Ich war stolz auf meine Galle. Sie wurde anschließend den 600 Studentinnen des Gallen-Instituts vorgeführt und erlangte weltweit Berühmtheit als die häßlichste Galle der Welt. Na ja, auf jeden Fall von denen, die schon mal bei einer Frau herausoperiert und gezeigt wurden. Ein kleiner Wanderpokal steht in meiner Anrichte, und ich bekam etwas Geld für den Aufwand. Doch etwas ging schief. Nach der Operation war ich nicht mehr die alte! Ich hatte nicht mehr so viel Esprit in meinen Wutausbrüchen! Natürlich

war ich körperlich vielen überlegen, geistig sowieso, aber die Lust auf Prügeleien hatte stark abgenommen bei mir. Wie kann denn so was passieren? Ich brachte in monatelangen Verhören, denen ich die einzelnen an der Operation beteiligten Schwestern aussetzte, schließlich heraus, daß jemand einfach die Gallenflüssigkeit ausgetauscht hatte, und zwar mit der Gallenflüssigkeit eines männlichen Pavians! Das kann doch wohl nicht wahr sein!! Jetzt war mir alles klar! Ich wollte es nicht auf einen Prozeß gegen die ankommen lassen, deshalb besorgte ich mir aus einer Fachzeitschrift einen Panzer mit Straßenanmeldung! Ein paar Übungsstunden auf dem Verkehrsübungsplatz machten mich mit der vertrackten und komplizierten Technik des Kriegsungetüms vertraut. Nach ein paar Tagen hätte ich sogar einen richtigen Feldzug mitmachen können. Ich denke, auch wenn ich jetzt mit dem Panzer vielleicht nichts anfangen kann, bestimmt ist in wenigen Jahren die Möglichkeit dafür gegeben. Ein Feldzug gegen die Männer! Das wär was! Hahahahaha! Eine Idee, die Wirklichkeit werden wird? Ich denke, ja. Ein Feldzug gegen die Männer darf nicht nur im Kopf der Frau stattfinden, sondern auch im Bauch.
»Mein Bauch gehört mir!« Dieser alte Spruch ist mittlerweile überholt, und ich denke, daß die meisten Frauen sich im klaren darüber sind, daß der Bauch einer Frau leider auch Männer gebären kann. Trotzdem sollte frau an ihrem Bauch festhalten. Sie kann den falsch Geborenen ja abgeben. Und schnell vergessen, was war. Ein Töchterchen bereitet so viel Freude. Es wird ja auch gesagt: »Die Küche einer Frau läßt sie erkennen.« – »An dem Kleid, das zu kurz geraten, braucht mann nicht lan-

ge vor zu warten!« Also: kurze Röcke beschönigen dem Mann die Situation! Frau soll unbedingt lang tragen, und zwar etwas über Midi, also etwas länger als Midi, damit frau mich hier nicht falsch versteht. Ich lasse mir meine gesamte Midi-Garderobe bei einer erfahrenen Midi-Schneiderin zusammennähen. Meist kaufe ich drei die gleichen Sachen, und diese begnadete Näherin näht sie mit Sorgfalt zusammen, so daß mir der Rock oder das Kleid dann gut steht. Da spare ich einiges, denn so ein normaler Rock kostet im Angebot ein paar Mark, dagegen ist Stoff von der Rolle in einem bekannten Stoffladen viel teurer. Und die Auswahl von der Rolle ist auch gar nicht so groß, wie frau sich das denkt, wenn sie dahin fährt. Die Frau, die wirklich nichts mit Männern anfangen will, trägt Midi. Nur ganz selten gibt es Männer, die sich für diese schöne Mode interessieren. Aber wenn, dann sind sie völlig pervers! Also aufgepaßt, Frau! Wenn sich dir ein Mann nähert, obwohl du dein schönstes Midi-Kleid anhast, schalte dein Notaggregat an und schlage sofort zu, denn nur ein totaler Überraschungsangriff aus dem Hinterhalt kann solch einen Mann stoppen! Und bitte feste! Sehr feste! Sonst hast du keine Chance, der Typ ist auf jeden Fall härter, als frau denkt, denn: er ist übergeschnappt! Nur schnell weg hier, sonst geht's dir an den Kragen, oder in diesem Fall an etwas anderes. Wenn ihr versteht, was ich meine. Merke: »Ein Mann ist so gut wie seine Existenz! Und seine Existenz ist Scheiße!« Ich habe auch noch ein paar andere gute Sprüche auf Lager, wollen wir mal sehen: Also. Hier ist noch einer meiner ältesten Sätze, eine Art Kampflied. Bitte: »Ein Mann – nichts kann. Nur stinken / und das kann er gut! / Er will am

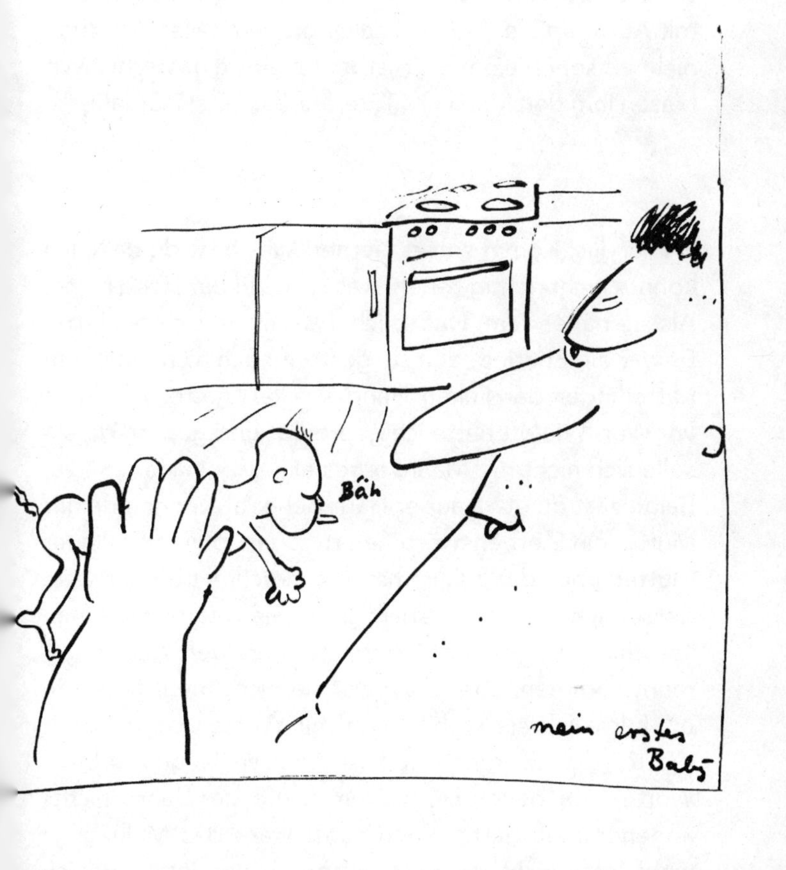
Bäh
mein erstes Baby

Bahnhof winken / doch Frau, hab frohen Mut! / Du mußt ihn ja nicht grüßen, / auch wenn er zu Dir rennt, / tritt ihn mit beiden Füßen / bis er sich selbst nicht mehr erkennt. / Dann lach aus vollem Halse, / so daß er es auch hört / und dieser Mann im Dreck dort / nie mehr einer Frau seine Liebe schwört. / Er soll mit seinesgleichen / doch mit Autos spielen! / Denn seine grauen Zellen / reichen nicht zu sehr vielem. / Er ist und bleibt ein Arsch! / Wir blasen ihm den Marsch! / Täterätätää! Täterätätää!«

»Amaryllis! Komm sofort hierher! Was hast du da?« Ich konnte nicht richtig sehen, was sie da in der Hand hatte. Als sie näher kam, wußte ich, warum sie sich genierte. Es war ein Ehering, den sie gestern noch nicht an ihrem Mittelfinger der linken Hand stecken hatte. Ich barst vor Wut. Wie oft hatte ich gepredigt und gepredigt, sie solle sich nicht mit Mannszeugs einlassen! »Hör mal zu, Balg! Hast du etwa außer Haus geheiratet, ohne deiner Mutter ein Sterbenswörtchen zu sagen, ohne mit deiner Mutter über das schlimmste Verbrechen zu sprechen, dessen ich dich nun bezichtige!?« Sie weinte trockene, verschluchzte Tränen. Sie wollten aus den Augen gerannt kommen, aber dazu war sie nicht mehr fähig, zu oft hatte ich sie wohl schon mit Worten geschlagen. Worte, die zu Recht an ihre Adresse langen sollten. Worte, von denen sie sich im Laufe der Jahre nichts angenommen hatte, denn sonst wäre das Malheur ja wohl jetzt nicht passiert, ausgerechnet jetzt, wo ich dachte, das Kind hätte bereits eine eigene Meinung, und ich wäre mal aus dem Schneider, nein, jetzt fing das

Erziehen von vorne an! Oder wollte sie wirklich weggehen und einen Mann nehmen? Ich stellte es mir vor, es war abscheulich. Ein grausamer Gedanke! Wirklich fade war mir auf der Zunge, ich mußte sie, die ich geliebt hatte, jetzt verstoßen, ob ich wollte oder nicht. Denn so stand es in der Satzung unseres Frauenverbandes, dem ich nun seit ein paar Jahren angehörte. Kein Mann – oder absolute Trennung von Familienangehörigen, die nicht hören wollten. Ohne daß sie mir irgendeine Erklärung gab, drehte sie sich um und ging ihrer Wege. Ich habe sie niemals wiedergesehen. Dieses mein Schicksal ist ein Synonym für viele Millionen Frauenschicksale auf der Welt. Die Tochter geht, und die Mutter bleibt in ihrem Gram allein. Keine andere Frau kann ihr helfen. Das, was frau vorher in ihrer Tochter immer gesehen hatte, nämlich eine perfekte Kloonung ihrer selbst, ist zerstört worden, und wieder mal sind Männer daran schuld! Mittlerweile eine Normalität.
Aber nun zu mir. Was sollte ich tun? Ich hatte genug getan, damit diese junge Frau nicht dasselbe erfährt wie ich und am Ende durch vielfachen Schmerz zu dem getrieben wird, was ich seit Jahren bin, nämlich zwar eine sehr gute, perfektionierte Emanze, aber mit einem Hintergrund, den ich am liebsten ausradieren würde. Nun fragt die eine oder andere, kannst du das nicht vergessen machen, Tante Helga Maria? Und ich sage, ja, für eine bestimmte Periode lang. Aber dann kommt es zurück, wolle frau es oder nicht. In welcher Situation zum Beispiel braucht frau heute mal keinen Ausweis zu zeigen? Und dann ist die Vergangenheit da! Allein im Datum der Paßausstellung liegt bereits die gesamte Vergangenheit frei zu chatten wie in der Line vor mei-

nen Augen. Ich rede jetzt unverständlich für die eine oder andere, die sich nicht in Internet-Kreisen bewegt, wie ich neuerlichst. Und das ist eine wirklich tolle Sache: Internet! Frau muß ins Internet! Ich habe eine Leitung erworben. Sie macht mich weltweit mit anderen gleichgesinnten Frauen bekannt. Diese Erfindung ist ein Meilenstein in der Geschichte der Frauengruppen. Frau chattet mal hierhin, mal dorthin, und wenn sie dann noch perfekt Englisch kann, kann sie auch inserieren! Auf diese Weise habe ich Kontakt bekommen zu Anna Moffo, einer berühmten Operndiva aus vergangenen Tagen. Sie ist zwar nicht mehr bekannt, aber sie schickt mir jeden Tag eine Autogrammkarte von sich. Auch ich habe welche machen lassen. Da fällt mir ein, morgen ist eine Midi-Modenschau! Da muß ich hin! Die neuesten Modelle werden gezeigt! Da kommt angeblich auch die bekannte Frauenrechtlerin Sir Angela Köhnermann hin! Ich bin total aufgeregt! Hoffentlich ist die neue Winter/Sommer/Herbst-Kollektion nach meinem Geschmack! Und der ist bekanntlich schwer zu integrieren. Aber trotz der Haßtiraden, die ich mir ob meiner bekannten Midirock-Sucht einfange, halte ich weiter zu dieser göttinähnlichen Mode. Eine Frau muß eine Handbreit unterm Knie haben. Und jede Menge Grips im Hirn! Das sind die beiden Mußs!

In der Mitte des bevorstehenden Jahres sollte ein internationales Afrika-Frauen-Treffen stattfinden! Für mich eine schöne Herausforderung, mal mit dem Geländemotorrad da hinzufahren. Ich hatte den Führerschein bereits letztes Jahr gemacht, ich brauchte über vierzig

Fahrstunden. Es ist nicht einfach, diese Dinger zu lenken. Dabei muß frau auch noch denken, wie bei kaum einer anderen Tätigkeit. Und linker Fuß muß schalten! Beim Auto ist die Schaltung vorne drin, beim Motorrad aber unter einem im Motor. Das knallt total beim Schaltvorgang. Ich hatte das Motorrad reisefertig gemacht. Zwei Satteltaschen aus Stahl, eine überdimensionale Gepäckrolle mit einer von mir selbst erfundenen Alarmvorrichtung, wenn jemand mal lange Finger bekommt. Außerdem bekommt derjenige dann auch einen Stromschlag von über 20.000 Volt durch die Venen gejagt. Auf dem 40 Liter Benzin fassenden Spezialtank hatte ich einen aus der Burda genähten Frauen-Tankrucksack festgeschraubt. In diesem Tankrucksack bewahrte ich meine gesamten Papiere, aber auch Tampons und Bindenmaterial auf. Ich hatte es also ständig in Reichweite. An einem rosigen Sonntag morgen fuhr ich los. Ich verabschiedete mich von den Überresten meiner Frauenkommune, nämlich dem Sauerteig, der jetzt alleine vor sich hin gären mußte. Mal sehen, wie er sich so schickt und wie er aussieht, wenn ich in vier Monaten wieder zurückkomme. Aber soll ich ihn wegschmeißen? Dann war die ganze Mühe umsonst! Wer kennt das nicht, frau setzt Teig an, und dann wird er nicht ganz aufgebraucht. Auch hatte ich eine Joghurt-Kultur im Keller stehen. Davon stibitzte ich ganz gerne mal hie und da ein Quentchen! Und nun ging es los! Die Gänge schalteten sich bei der Cross-BMW zunächst schwer, doch nach einigen Kilometern war wohl der Öl weich genug. Oder heißt es das Öl? Ich flitzte in Schräglage durch Deutschland, bis hinunter in den Allgäu. Dort nahm ich einen Käse ein und trank einen ordentlichen

Schluck Dornkaat. Die hiesigen Bäuerinnen veranstalteten mir zu Ehren ein Dorfgetrampel. Ich war verzückt, Frauen mit rosigen Wangenknochen winkten mir zu! Dann ging es weiter über die Schweiz nach Italien. In der Schweiz selber habe ich nichts Bedeutendes erlebt, zu klein ist dieses Land. Außer an eines kann ich mich erinnern: Ich saß gerade kurze Zeit in der Mittagssonne, um meinem Zweizylinder mal eine kleine Ruhe zu gönnen, als sich der Himmel verdunkelte und es zu regnen anfing. Schnell hatte ich aus einer der Satteltaschen einen Regenmantel hervorgekramt und übergezogen, als neben meinem Rastplatz ein schwerer Lastkraftwagen anhielt. Ein widerlicher Kerl stieg aus, mit einem schwarzen Schnurrbart und hervorquellenden Augen. Seine Hose hing ihm fast bis auf die Knie, da sein Bauch darüber hing, bis zu einem halben Meter. Ekelhaft. Ich wußte nicht, ob da noch eventuell ein Zweiter im Wagen wartete, also ließ ich den Mann erst mal rankommen, denn er wollte anscheinend etwas von mir. Und ich hatte recht, er fragte mich, ob ich medizinische Kenntnisse hätte, denn sein Freund säße im LKW und hatte soeben eine Art Herzkrampf erlitten. Natürlich, ich bin Krankenschwester, mal schauen, was der Kumpel hat. Ich benahm mich scheiß-freundlich. Ich nahm mein Fahrtenmesser und schnitt dem Typ, der im Auto lag und Hilfe herbeisehnte, einen kleinen Luftröhrenschnitt, so wie ich es schon mal im Fernsehen gesehen hatte. Der andere staunte nicht schlecht, als ich ihm empfahl, doch auch bei sich mal einen Luftröhrenschnitt machen zu lassen, das wäre der neueste Schrei, besser als einen Ring durch die Unterlippe. Der Typ fiel auf diese Scheiße tatsächlich rein. Nun lagen zwei LKW-Fahrer

Die Stinke=
Socken
von
mein Mann!

mit durchgeschnittenen Kehlen in dem Auto. Sie atmeten schwer. Doch hatten sie auch Spaß dabei. Und das wollte ich irgendwie dann doch nicht, denn es waren ja Männer, verhaßte Exemplare der Gattung Mensch! Ich schnitt ihnen die Ohren ab. Vor ihren Augen verspeiste ich sie, denn ich wollte die starken Kerle mal richtig schocken. Sie schmeckten nicht sehr gut, aber so eine Expedition, wie ich sie vor mir hatte, erfordert eine Menge Mut. Und das heißt auch Mut zu ungewohntem Essensstil. Die Männer lagen in dem LKW und stöhnten. Ob das denn jetzt endlich gut wäre? Sie wagten nicht, sich zur Wehr zu setzen, denn sie hatten schon von mir gelesen. Anscheinend war ihnen mal eines meiner selbstverfaßten Kochbücher (rororo, Wie finden Sie eigentlich »Fragebögen« mit der Löwin Elsa, auch rororo) in die Hände gefallen. Ich ließ von ihnen ab, schwang mich auf mein Moped und rauschte von dannen. Eine Begegnung, die die beiden vielleicht vor dem sicheren Tod gerettet hat, denn ungefähr zwei Kilometer weiter war eine Stromschnelle über die Straße geflossen und hatte sie total aufgerissen, so daß nur ein Motorrad dadurch kommen konnte. Das nächste Auto mußte unweigerlich einen ziemlich hohen Abhang herunterrutschen, denn die Stelle lag genau hinter einer Kurve. Also bremste ich die Mühle ab und wollte die darauffolgenden Autofahrerinnen warnen. Aber wie wollte ich dies machen, ohne daß ich auch männliche Autofahrer mitwarnen würde? Mir fiel beim besten Willen nichts ein. Scheiße. In meiner Verzweiflung malte ich ein ziemlich infantiles Schildchen mit der Aufschrift: Frauen anhalten, Männer weiterfahren. Ich hoffte, frau würde es verstehen. Naja, ich mußte weiter. Immer weiter, denn der Termin für das internationale Frauentreffen in Afrika rückte von Tag zu Tag näher. Italien ist eine Reise wert. Ein schönes Land, wenn sich nur nicht auch die italienischen Papagallos gerne in diesem Land aufhalten würden. Verdammt, das waren hartnäckige Freier, das glaubt frau kaum. Egal, wie alt oder wie krumm, keine Frau bleibt von denen verschont. Sie suchen Bestätigung an allen Ecken und Kanten. Ich ließ sie manchmal ganz nah rankommen, um ihnen dann den Garaus zu machen. Ich schlug mich so redlich durch ganz Italien durch. Mein Lieblingsgebiet war Neapel. Drumherum und auch in Neapel selber. Da hauste ich wie dazumal Kaiser Augustus in seiner besten Zeit. Die Frauen in Italien gefallen mir sehr gut, sie sind so frei, so vergnügt! Jede von ihnen könnte sogar Milva sein! Schöne Frauen, schönes Wetter, schöner Wein! Und das alles machen sich mal wieder Männer untertan. Gerade in Italien haben sie Erfolg bei den Frauen. Also, mit anderen Worten, hier muß noch so EINIGES getan werden! Ich fange direkt, nachdem ich in Afrika war, damit an, jawoll! Afrika! Ja, da lag er, der schwarze Kontinent. Vor meinen Fußrasten! Ich überquerte mit einer Galeere den Suez-Kanal. Das ist eine tolle Touristenattraktion, die Galeere! Frau kann dort die Trommel schlagen, und festgenommene Araber, Juden und Palästinenser rudern auf Deubel komm raus, jeder will erster werden! Der, der hinten sitzt, ist dann zuerst angekommen, denn die sitzen rückwärts. Also können sie nicht sehen, wo es lang geht. Aber dafür ist die Kapitänin da, eine dicke, festbrüstige Mulattin mit einem Knochen im Haar! Endlich war ich in Afrika. Breite Trommeln empfingen mich und meine Cross-Maschine. In der Luft lag ein schweres

Parfüm, das heißt, das dachte ich. Aber es handelte sich um Hasch! Haschwolken flogen durch die Luft. Eine Mädchenriege mit aufgemalten Emblemen auf nackter Haut umsorgte uns mit Pfefferminztee. Herrlich! Da kam ein wildlebender Eisvogel angeflogen und wollte etwas von dem Backpapier essen, welches ich den Eingeborenen mitgebracht hatte zwecks Umtausch gegen Gold oder Perlen. Ein freches Vögelchen. Ich schlug mit der flachen Hand drauf und machte es platt wie eine Flunder. Die Eingeborenen klatschten Beifall, denn so eine Frau wie mich hatten die da bestimmt noch nicht gesehen. Hier galt es, diese Menschen endlich weitestgehend zu sozialisieren, vor allen Dingen dem Manne an den Kragen zu gehen. Denn die Männer hatten auch hier viel zu viel zu sagen. Ich verstand zwar nicht was, aber sie redeten ununterbrochen. Das macht sie mir ein wenig sympathisch, denn ich kenne dieses Gehabe eigentlich ja nur von Frauen. Ich lächelte sogar ein einziges Mal, als jemand mir einen Tee einschüttete. Ein Mädchen zeigte mir ihren Kral. Wie toll die da wohnen! In Basthäuschen! Wie romantisch. Und Geld zählt bei ihnen nicht so wie hier, es gibt da auch, glaube ich, viel weniger Geld in Umlauf. Ich trennte mich nachher dann von diesen liebenswerten Menschen, wo auch die Männer etwas Weibliches haben, und raste durch die steinige Wüste in Richtung Popokatepetl. Einmal in Afrika! Ein Gefühl der Befreiung überfraute mich! Einmal ohne angehalten zu werden durch den Amazonas biken und auf Kangoroo-Männchen Steine werfen! Dazu der ewig blaue Himmel über dem Kartoum-See. Meine Reise führte mich leider überhaupt nicht an den vorher beschriebenen Sehenswürdigkeiten vorbei. Hatte ich mich

verfahren? Egal. Hier ging es darum, an einem gewissen Termin in Burundi einzutreffen. Die Wüste lag in schwerem Rotgelb, die Sonne verdorrte jede bewegliche Pflanzenknospe. Der afrikanische Hochsommer, eine für die Europäerin viel zu heiße Zeit. Aber mir machte die Hitze eigentlich gar nichts aus, Pelzkappe hin, Pelzkappe her. Ich fuhr, da es in Afrika keine Helmpflicht gibt, jetzt nur noch mit einer Pelzkappe, die Trapper mir im Vorüberfahren nachgeworfen hatten. Merkwürdig, hier in Afrika hatte ich plötzlich überhaupt nicht mehr viel gegen Männer! Woran das nur liegen konnte? Ich weiß es bis heute nicht. Ich fuhr und fuhr, meistens von Sonnenaufgang bis Sonnenuntergang. Meine Güte, war Afrika ein großes Land! Die Straße hörte nie auf, immer ging es noch ein Stückchen weiter! Weiter auf der Rue Afrique, einer Sandstraße, die sich quer durch den gesamten sonnengebräunten Kontinent zieht. Ich sah Büffel in großen Mengen. Ungefähr am 14. Tag, an dem ich allein auf mich gestellt auf meiner Knatterbüchse vor mich hin crosste, verspürte ich Hunger auf Büffelfleisch. Ich saß ab und nahm meine Flinte aus dem Halfter. Außerdem brauchte die Boxermaschine mal wieder eine kleine Pause. Die Ventile klapperten jetzt auch schon ganz schön, seitdem ich den Scheiß-Sprit aus der afrikanischen Ölküche tanken mußte. Ich glaube, da war kein einziger Oktan drin!
Als ich die Maschine auf den Seitenständer kippen wollte, fiel sie mir einfach um. Verdammt, die bekomme ich alleine nicht hoch! Ich spähte um mich, und das einzige, was ich sah, war eine verstohlen vor sich hingrasende Büffelherde. Wasserbüffel. Wer kennt sie nicht aus dem Fernsehen. Aber hier, in der Freiheit, ein unglaubliches

Erlebnis. Das mußte ich fotografieren. Ich legte die Flinte weg und zog meinen Fotoapparat aus dem Köcher. Der Belichtungsmesser spielte total verrückt, es gab einfach keine Blende, die er mir anbieten konnte! Zu hell war es hier in Afrika! Und da reden die immer vom dunklen oder sogar schwarzen Kontinent. Ich hatte es mir wirklich anders vorgestellt! Naja, frau kann nicht alles haben, wie sie es will. Ich schoß ein paar leidliche Fotos. Dann knallte ich einen Büffel ab, denn ich wollte ihn gerne essen. Aber ihr glaubt nicht, was dann geschah! Der Büffel malte sich in dem Moment, in dem er von meiner Gewehrkugel getroffen wurde, in seiner gesamten Größe vor mir ab! Toll! Ich brauchte ihn nur umzuschubsen. Zwei Stunden später war er gar!
Diese kleine Anekdote liegt jetzt schon ein paar Tage hinter mir zurück. Ich habe einen Motorschaden flicken können, der erst mal aber nicht so glimpflich verlaufen sollte! In einer Geradeauskurve überschlug ich mich, weil die Vorderbremse durchdrehen wollte! Der Lenker schlug mir voll vor die Zähne, so weit hatte ich ihn eingeschlagen! Da half auch kein Rückwärts. Die Karre hob ab, und ich saß drauf. Nachher lag ich im Sand, und das Motorrad schlug nach einem Satz von vielleicht 15 Metern am Straßenrand auf. Ich rappelte mich hoch und klopfte mir den Sand aus dem Midi-Kleid aus Nilpferdleder. Ein Gedicht von einem Kleid! Und billig! Die BMW lag da und röchelte vor sich hin, ein Zylinder lief noch, der andere war abgebrochen. Schöne Bescherung. Zum Glück lag ein großer Stein in der Nähe. Ich haute mit einem kleinen Hämmerchen Form in den Stein, und nach ein paar Tagen hatte ich aus dem ehemals nutzlosen Stein einen zweiten Zylinder nachgearbeitet, der

dem anderen glich wie ein Ei dem andern! Toll, jetzt muß er nur noch funktionieren. Das tat er nicht, deshalb schiebe ich das Motorrad jetzt. Ich erfand dann den Satz: »Wer sein Motorrad schiebt, es liebt.« Es gibt schon einen ähnlichen Satz, muß ich dazu sagen, aber der geht ganz anders. Ab und zu kriege ich die Kiste auch wieder in Gang, dann läuft sie auf einem Zylinder. Und hängt etwas zur Seite. In Burundi werde ich auch das Innenleben des Steins mal auskoffern, vielleicht ist es besser, wenn das hohl ist. Aber ich möchte hier an dieser Stelle nicht unbedingt von so einem faden Thema reden wie der Reparaturanleitung für Motorrad Nr. 12 von BMW. Was sehe ich denn da? Ein Wüstenfuchs! Ganz in meiner Nähe! Schnell, der Fotoapparat! Ach, schon ist er weg. Schnell, nichts wie hinterher! Wann hat frau die Gelegenheit noch mal! Nie! Denn Afrika ist zwar groß, aber frau kann nichts davon ausführen (gemeint ist exportieren, der Lektor), die Bestimmungen sind sehr gut. So, noch ungefähr 4500 Kilometer bis Burundi. Das sitze ich mit einer Arschbacke ab.
Ich hatte vergessen zu sagen, daß wenig später, als mein Motor kaputt ging, ich einen Austauschmotor im Wüstensand gefunden habe, der lag da rum, daneben ein Skelett und die Überreste eines Motorrads! Da sieht frau, wie gefährlich so eine Reise sein kann.

Die Stadt Burundi liegt außerhalb Territorial-Afrikas. Die bekannten Viktoriafälle sind nicht da in der Nähe. Sie liegen woanders. Ich bin da mit meinem Motorrad vorbeigekommen. Es ist eines der schönsten Erlebnisse, die ich jemals in meinem gesamten Leben genossen hatte. Toll! Der Usambara ergießt sich total weitgefächert in einen riesigen Komplex von verschiedenen unheimlich vielen Wasserfällen. Da fahren manche Frauen oder Männer mit kleinen Paddelbooten runter, das muß frau sich mal vorstellen. Es sind Selbstmörder, die dadurch zu heiliger Kraft gelangen wollen. Am Fluß waschen sich Tausende und Abertausende von Hindus das Gesicht. Und die Toten werden auf hochbeinigen Holzliegen verbrannt. Ein Geruch von Verwesung herrscht. Der Viktoriasee ist nicht sehr gut zum Segeln, weil es wenig Wind gibt. Die Leute, die da in der Gegend wohnen, wollen nicht vor der Zivilisation weichen, also kommt die Zivilisation zu ihnen, was immer das auch heißen mag. Bären und andere wilde Tiere bevölkern das Tal des Todes. Ich wollte mal allein da rein, da hat mir aber eine von abgeraten. Ich lernte sie an den Fällen kennen, auch eine Touristin. Sie war schon öfter in Afrika gewesen, sie hatte auch viel erlebt. Bei einer Löwenjagd hatte sie einen Arm verloren, als sie mal wieder eine der Löwinnen streicheln wollte aus Mitleid, weil sie das Geschieße bei der Jagd so Scheiße fand. Die Jagd selber war wohl ganz gut gewesen, aber das Töten selber war nicht ihr Fall. Ich glaube auch, daß es Frauen schwerfällt, unschuldige Tiere zu töten. Je nachdem. Immerhin hatte ich mich persönlich zu einer Elefantenbullen-Jagd angemeldet. Ich hatte so was noch nie beigewohnt. Warum nicht, bevor ich in Burundi zum internationalen Frauentreffen eintreffe, noch eben vorher ein paar Stoßzähne holen. Elefantenbullen sind das letzte! Die armen Kühe! Wenn ich eine Elefantenkuh wäre, ginge es den Bullen aber schlecht!

Horror =
Traum
TSSS
TSSS

Und so mußte ich meine Funktion als Frauenrechtlerin mittlerweile auf die Tierwelt übertragen. Warum auch nicht? Die können das eben noch nicht so gut! Obwohl gerade Elefäntinnen ziemlich emanzipiert sind. Sie essen umgestoßene Bäume auf und fragen nicht nach Sonnenschein. Die afrikanische Elefäntin ist im Gegensatz zu der indischen etwas größer, wirkt aber kleiner, weil sie größere Ohren hat, also, die indische Elefäntin ist eigentlich kleiner, aber die Leute denken immer, oh, guck mal wie klein die Ohren wirken, die ist größer als die afrikanische. Ein Trugbild, das der afrikanischen Regierung nur recht ist. Denn sie tun viel zu viel für die Wiedereingliederung der Elefantenbullen. Zum Glück gibt es uns weiße europäische Touristinnen, die dann eben autark gegen diese chauvinistischen grauen Monster vorgehen müssen. In großen Organisationen sind wir zusammengekommen, um den afrikanischen Herrenelefanten das Fürchten zu lehren! Mittlerweile gibt es Elefanten-Farmen, wo durch Gruppenexperimente ausschließlich Weibchen geboren werden! Glückauf, sage ich zu diesen Leuten, die sich für nichts zu fein sind. Die Trommeln der Nomaden erheben sich laut über das mitternächtliche Saugen der Wüste nach Wasseradern. Ja, Wasser ist das große Problem in Afrika. Dieses sächliche, so vielbesungene Lebenselixier gibt es so gut wie gar nicht in Afrika. Hierzulande kommt es aus dem Wasserhahn. Die Menschen dort können sich diesen Zustand, den wir von Geburt an als selbstverständlich wahrnehmen, überhaupt nicht vorstellen. Das ist so, als wenn Wiener Würstchen aus der Wand wachsen. Deshalb kaufen Afrikanerinnen auch einen Wasserhahn, ohne zu wissen, daß nicht er es ist, der das Wasser macht, sondern eine Vielzahl von verwickelten Wasserleitungen, die quer durch ein ganzes Land laufen können. Hier muß Entwicklungshilfe Abhilfe schaffen. Ich bin der Überzeugung: Wenn alle afrikanischen Männer, anstatt Kriege zu führen, sich in einer Reihe aufstellen und Wasser in Steingutträgen aus Europa holen und weiterreichen, Afrika ein grünes und blühendes Land sein kann, wo Milch und Honig wirklich fließen, nicht nur in der Phantasie!

In Burundi endlich angekommen. Es ist heute sehr heiß hier. Auf dem Markt ist eine große Tafel aufgestellt. Hier schreiben sich Frauen aus aller Welt drauf, damit frau sich treffen kann. Eine Uhrzeit ist mit aufgeführt. Herrlich! Ich war angekommen! Ich konnte es noch gar nicht fassen! Die Maschine hatte mich nicht im Stich gelassen! Mein Gepäck war noch da, ich selbst hatte etwas abgenommen. Mein Midirock, den ich zur Feier des Tages angezogen hatte, glänzte im Sonnenschein. Fliegerseide, ein schöner, neuer Werkstoff. Die Farben Petrol und Cassis sind ab heute meine absoluten Spitzen-Lieblingsfarben! Ich stand auf dem Marktplatz, mein Motorrad parkte vier Straßen weiter in einem Parkhaus aus Lehm, und ich breitete die Arme aus und rief ohne Rücksicht darauf, daß ich mich eventuell lächerlich machen würde: Mensch, ich lebe! Was war das für ein Hallo da unten in Afrika! Aber erst mal jetzt was Leckeres essen. Es gab ein riesenhaftes Gemeinschaftszelt, dort hatten verschiedene Frauengruppen aus aller Welt Platz genommen und wiesen angekettete Männer an, wie sie was zu kochen hatten! Genau! Das gefiel mir auf

Anhieb gut! Ich bestellte eine Ente à la Johanna von Orléans. Lecker, einfach lecker! Sie achteten natürlich darauf, daß keiner der angeketteten Scheißtypen die Eßsachen mit ihren Fingern anpacken würde! Nach der Ente genehmigte ich mir eine leckere Flasche Amselfelder. Immer noch weltweit der beste Flaschenwein. Und nicht zu teuer. Frau muß auch in der Ferne mal hin und wieder aufs Portemonnaiechen gucken. Da lief mir ein hochgebauter Schwarzer über den Weg. Er grinste mich an, und ich dachte in meinem leicht angesäuselten Kopf, warum sollte ich nicht mal einen kleinen Ausrutscher wagen? Vielleicht würde es mir diesmal ja auch gefallen. Wie gesagt, ich hatte ja irgendwie in letzter Zeit meinen Männerhaß etwas abgelegt. Es hatte sicherlich auch was mit dem Austausch der Gallenflüssigkeit zu tun gehabt. Auf jeden Fall zerrte der Schwarze mich in seine Lehmhütte, und ich ließ mir das nun folgende afrikanische Liebeswerben gerne gefallen. Er war sehr intelligent. Auch hatte er feine Hände, die auf eine Bürotätigkeit hinwiesen. Vielleicht war er sogar Student in Deutschland gewesen? Nein, das konnte nicht sein, denn er sprach kein Wort Deutsch. Mir war es sympathisch. Ich konnte mittlerweile etwas Kisuaheli. Auf Kisuaheli schrie ich ihn aus heiterem Himmel an: »Fick mich!« Und er verstand. Am nächsten Tag stellte er mich seiner Mutter vor. Eine gebildete Frau mit sehr schönen Midisachen an. Ich erwarb von dieser Familie mehrere Tuniken. Bunt waren sie und aus Baumwolle. Er hieß Goofy, ein schöner Name. Nicht zu aggressiv, sondern eher mit kindlichem Gemüt ausgedacht. Überhaupt sind die Leute in Afrika manchmal wie kleine Kinder. Sie lachen über Witze, wo unsereins sagt, was ist das denn für eine Scheiße! Aber meine Zeit war kurz bemessen, bei meinen neuen Freundinnen und ihm, dem ersten Mann, den ich jemals wirklich als Mensch akzeptiert habe, wer weiß, woran es liegen mag. Meine BMW-Cross-Maschine wartete bereits fast eine Woche darauf, wieder bewegt zu werden. Ich schlug Goofy vor, bevor ich wieder gen Heimat düsen würde, mal mit mir in die Kalahari zu fahren, es würde ihm bestimmt Spaß machen, ich könnte ihm etwas Wichtiges über sein geliebtes Land erzählen, was ich im Brockhaus gelesen hätte. Solche Bücher kennen die hier nicht, denn wenn sie sie kennen würden, würden sie sparsamer mit der Natur umgehen und nicht Butterbrotpapier einfach in den Sand schmeißen. Ich fuhr also mit meiner Afrikatrophäe, wie ich ihn ohne sein Wissen heimlich bei mir selbst nannte, auf meinem Motorrad in die schönste Wüste der Welt. Sie ist total trocken. Und es gibt keine Pflanzen. Auf den ersten Blick nicht. Aber wenn frau genau hinsieht, entdeckt sie hier und da mal etwas Grünes, zum Beispiel einen abgebrochenen Buntstift, den eine deutsche Touristin hier vergessen hat. Als wir da so herfuhren, wurde mir klar, daß ich nicht in Afrika bleiben konnte. Ich bekam einen totalen Sonnenbrand. Und mit dem Sonnenbrand bekam ich die Erkenntnis zurück, daß Männer nicht in mein Leben paßten. Aus einer Laune heraus schmiß ich meinen plötzlich unliebsamen Passagier vom Sozius in den heißen Sand. Es machte ihm nichts aus, da er abgehärtet gegen Hitze war, und ich preschte kopfschüttelnd die weite Strecke von fast 400 Kilometern zurück in die, wie sie sagen, Zivilisation. Ob es eine Berechtigung hat, ein Kuhdorf ohne Kanalisation Zivilisation zu nennen? Ich weiß nicht. Was aus

Goofy wurde, kann ich kurz erzählen, er versuchte erst gar nicht, mir nachzurennen, er blieb einfach im Wüstensand liegen, weil er genau wußte, 400 Kilometer in der heißen Sonne der Kalahari, nein, das schafft kein Mensch. Er ergab sich seinem Schicksal. Zu seinem Glück kam eine deutsche Familie in einem nagelneuen Landrover vorbei, die auf Kakteen-Ausreiß-Tour war. Sie nahmen ihn mit, ja, sie gaben ihm sogar eine Anstellung in Deutschland. Er sollte bei denen für immer Gäste bedienen und den Garten etwas beimähen, wenn es nötig wäre. Ich persönlich finde, das ist eine Nichtbeachtung der Persönlichkeit von Afrikanern und noch mehr, es ist Rassismus. Als ich schon lange wieder in Deutschland zurück war, bekam ich mal Besuch von ihm, ich hatte mich wieder beruhigt, und wir verbrachten einen tollen Abend auf meiner Couch. Am nächsten Tag gingen wir auch noch seinen Sohn in dessen Adoptiv-Familie besuchen. Ein echter Rechtsanwalt und seine Frau, gebildet. Und ich dabei, das war schon geballte Intelligenz, die auf den kleinen Mischlingsjungen herabblickte. Goofy fuhr wieder zu seiner eigenen neuen Heimat und hatte eine kleine Träne im Knopfloch, vielleicht weil er für die Unterbringung seines Sohnes bei Rechtsanwalts bezahlen mußte. Die Juristen bekamen lebenslang freien Urlaub bei der Familie des Afrikaners und durften so viele Tiere seines Sohnes schießen, wie sie wollten. Ich muß dazu sagen, der Anwalt, den ich übrigens nicht akzeptierte, war eingefleischter Groß- und Niederwild-Jäger. Er hatte einen Schießübungsplatz im Keller, wo ich ab und zu die Gelegenheit wahrnahm, auch mal ein paar Schüsse in die Zielscheibe zu donnern. Doch zurück nach Afrika. Ich hatte

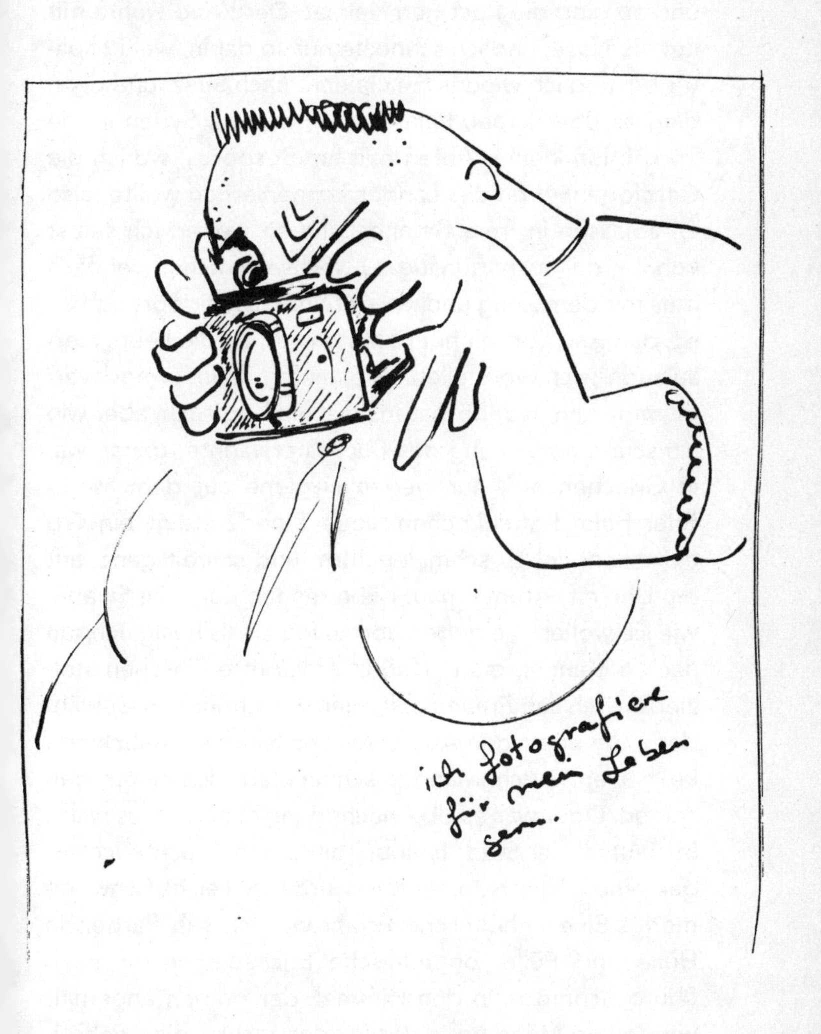
ich fotografiere
für mein Leben
gern.

genug gesehen, obwohl das Land so groß ist, daß frau es nicht glauben kann. Also bestieg ich meine Karre, und ab ging die Post gen Heimat. Der Wind wehte mir um die Nase, und ich schnellte nur so dahin, wenig später bestieg ich wieder die Galeere nach Suez, und dann ging es über Israel, Palästina, Jordanien, Syrien in die Türkei. Ein kleiner Aufenthalt am Bosporus, wo ich die Gepflogenheiten des Landes kennenlernen wollte, also Öl ablassen in freie Gelände und so weiter. Ich selbst konnte da auch günstig Ölwechsel machen, einfach raus mit dem Zeug und neues rein. Was mir dort auffiel, ist, daß frau dort mehr Freiheiten hat, als die Leute hierzulande sich vorstellen. Sie laufen keineswegs vermummt rum. Nur höchstens mal ein Kopftuch, aber wie ich schon am Anfang des Buches erwähnte, genau wie in Griechenland, nur wegen Hygiene auf dem Markt oder beim Kaffeekochen. Jede Stunde steigt ein Typ auf einen viel zu schmalen Turm und schreit ganz laut die Uhrzeit. Atomgenau. Kühe rennen über die Straße, wie sie wollen, sie gelten dort in Indien als heilig. Ich sah nackte Männer, die barfuß über kaputte Flaschen stolzierten, ich sah Frauen in langen, hauchdünnen Gewändern, die unter den Augen eine tolle schwarze Schminke hatten. Auch Männer schminkten sich unter den Augen. Oder war es Übernächtigung? Ich weiß es nicht. Im Taumel der Stadt Istanbul gefangen, rauchte ich sogar einen Hasch-Joint. Mir wurde vielleicht schwummerig! Eine unheimliche Erfahrung! Ich sah Farben in Hülle und Fülle, orientalische Buchsbäume wuchsen fein geschnitten in den Himmel, der golden angemalt wurde von Männern in der Landestracht – eine gehörige Tracht Prügel, die sie sich in den vielen Gefängnissen

des Landes abholen konnten. Türkei, das Land des Überflusses. Fast in jedem Haushalt floß der Abfluß über. Alles verstopft. Auch die Straßen. Ein Land des Überschwangs. Tee, Tee und nochmals Tee. Immer und überall angeboten. Nur als Frau darfst du nirgendwo alleine hingehen. Weil du nicht alleine bleibst.
Der Teufel wird dort Schejtan genannt, nicht zu verwechseln mit dem SCHUT (vergleiche Karl-May-Buch »Der Schut«). Der Schut ist eine väterliche Figur aus der alten Mykologie. Mykonos, eine der schönsten türkischen Inseln. Ich war dort. Der türkische Kaffee schmeckt dort besonders lecker. Mein allerschönstes Erlebnis aber war die Einladung von Saddam Hussein. Ich faltete sie ordentlich und schrieb zurück, ich könne nicht kommen, weil er nur ein Mann ist. Jaja, die Menschen in diesen Ländern müssen viel lernen von uns europäischen Frauen. Zum Teil konnte ich mich ausschließlich in Männerkleidung bewegen, also Knickerbocker und Schaftstiefel. Die kleinen Tee- und Kaffeestübchen dort sind so klitzeklein, daß die 120 Männer, die sich beispielsweise allabendlich dort treffen, um einen schönen leckeren Kaffee zu trinken, sich total dünn machen müssen. Die Stühlchen sind wie für Kinderpopos gemacht, und die Tischchen fassen vielleicht mal eine Handbreit von mir. Wenn ich also eine meiner beiden Hände auf den Tisch legen wollte, mußten vorher alle Tassen entfernt werden. Ich ließ es trotzdem machen. Und die Servilität war sehr hoch. Auch in politischen Gesprächen konnte ich mich beweisen. Ich sprach anscheinend ihre Sprache. Deutsch ist dort die Hauptsprache. Ob überhaupt Türkisch in den Schulen gelernt wird, ist fraglich. Deshalb sind auch so viele Tür-

ken, die gerne mal Türkisch sprechen wollen, nach Deutschland gezogen. Ich finde das gut. So kommt es endlich mal zum Austausch der Kulturen. Die Türken können von uns Deutschen ja viel lernen, zum Beispiel: Wäsche weißer als ganz weiß waschen, Autos polieren, daß sie wie Spiegel glänzen, Akkuratesse, richtiges Deutsch usw. Nur Brot backen wird immer ein Geheimnis der Deutschen bleiben. So gibt es dort nur Grahambrot und Fladen. Aber auch lecker, auch lecker. Der Abschied fiel mir aber um so leichter, als ich bemerkte, daß viele Männer hinter mir her waren. Ich war ihr Typ, das konnte ich vorher nicht wissen. Ich fühlte mich zwar geschmeichelt, aber hatte keine Lust, Krach mit diesem so gastfreundlichen Volk anzufangen, indem ich ihre Männer, die sie ja dringend für die Erhaltung ihrer Bräuche und Riten brauchten, mal so richtig zusammenschlagen würde, so, wie sie es von einer Frau nicht gewohnt waren. Also verzog ich mich in letzter Sekunde über die Grenze, durch Griechenland durch, wo ich nicht gesehen werden wollte wegen Spiros, und dann durch Jugoslawien ohne anzuhalten nach Österreich und schließlich in meine alte Heimat, nach Deutschland. Ich wurde mit Schlechtwetter empfangen. Es regnete und regnete. War das ein Omen? Vielleicht, denn als ich mit meinem treuen Motorrad in unsere Straße einbog, glaubte ich nicht, was ich sah: Unser schönes Wohngemeinschaftshaus war zerbombt.

Ich hatte nichts von dem Krieg mitbekommen im Ausland. Die Zeitungen dort schrieben auch nichts. Und das war eigentlich auch gut so, es soll ja lieber keiner wissen. Ich schob meine BMW in die ehemalige Einfahrt. Da lag noch ein Waschlappen von mir, der wohl mit hochge-

mit dem Beik nach Afrika.

schleudert worden war, ich erkannte ihn am Geruch. Ich sog die Luft ein. So sollte also mein Wiedersehen mit der Heimat sein. Da kam eine alte Frau angehumpelt. Sie erzählte mir, was wirklich vorgefallen war. Und zwar hatte der Vermieter bemängelt, daß die Miete nicht pünktlich gezahlt wurde. Die Kolleginnen waren ja auch schon ausgezogen, und ich selbst hatte vergessen, einen Dauerauftrag zu machen bei der Bank. Da kam der Hausbesitzer auf die Idee, das Haus hoch zu versichern und es dann selber in die Luft zu jagen. Er hatte sogar eine Versicherung abgeschlossen, die beinhaltete auch Versicherungsschutz unter dem Haus, wo normalerweise die Abflußrohre nur gegen Aufpreis versichert werden. Er hatte also an alles gedacht. Nur hatte er nicht mitbedacht, daß eine Nachbarin ihn sieht bei der Aktion. Er kam eines Nachts mit einem Raketenwerfer und schoß das Ding von der anderen Straßenseite in das Haus. Er hatte sich unkenntlich gemacht mittels einer Plümmel-Mütze, die er sich stark ins Gesicht zog. Aber die Nachbarin hatte ihn erkannt, weil er mit seinem Opel angekommen war, den jeder hier kennt. Also sagte sie bei der Polizei diese Sache aus, und der Hausbesitzer mußte ins Gefängnis. Dort sitzt er jetzt. Das war mir zwar eine Genugtuung, aber ich mußte praktisch von vorne neu beginnen. Ich hatte viele Lebensaufzeichnungen in diesem Haus versteckt gehabt, viele Geschichten, die ich heute nicht mehr so wiedergeben kann, ich habe auch vieles einfach vergessen. Es kommt nur so peu à peu wieder zurück. Aber ich hoffe, daß meine Geschichte, die ich hier niederschrieb, der einen oder anderen als Hilfe zur Selbstfindung gereichen kann. An einige Sachen konnte ich mich ja zum Glück noch erinnern. Und so gehe ich heute meinem eigentlichen Beruf nach, nämlich Lehrerin für Wirtschaftskunde, und schreibe manchmal ein Buch, wenn es mir in den Sinn kommt. Das ist das mindeste, was ich machen kann. Die Gesellschaft kann ein Mensch nicht alleine umerziehen. Bei Mao Tse Tung hat es auch nicht so gut geklappt, und auch bei den Amerikanern ist noch viel zu tun. Die Cree-Indianer, die von den Amerikanern ausgerottet wurden, haben einmal einen Satz gesagt, den ich hier wiedergeben will: »Erst wenn der letzte Mohikaner seinen Lederstrumpf gelesen hat, werdet ihr feststellen, daß man Frauen nicht essen kann. Haugh! Ich habe gesprochen.«

Aber noch bin ich nicht fertig. Durch die Afrikareise stellte sich auch heraus, daß ich nicht mehr die Jüngste war. Ich bekam nämlich Ärger mit meinem Rücken in der darauffolgenden Zeit. Ich hatte zu lange auf dem Bock gesessen. Das Motorradfahren war ein Hobby von mir gewesen, das ich nun wohl aufgeben mußte. Schade. Auch hatte ich Probleme mit Fettsucht. Meine Oberschenkel waren etwas dicker geworden, ich hatte Reithosen bekommen. Mist, wie bekomme ich die Dinger bloß wieder weg! Meine Idee war, mit einer Rosinenkur dem Unheil beizukommen. Ich bestellte eine Tonne Rosinen aus Griechenland. Bei der Bestellung mußte ich ja meine Adresse angeben, und wißt ihr, was dann geschah? Richtig! Ich bekam Besuch aus dem Land, wo die Rosinen blühen! Mein Sohn besuchte mich eines Tages, er war nämlich zufällig in der Firma beschäftigt, wo sie die Rosinen einzeln auf so Bleche aus-

breiten, damit sie trocknen. Ihm war der Name irgendwie bekannt vorgekommen, und da hat er mal nachgefragt zu Hause. Sein Vater war jetzt bereits gestorben, er war bei einem Surfunfall ums Leben gekommen.
Auch ich hatte schon ein paar Falten. Der junge Mann konnte sich ganz manierlich benehmen, er stellte sich mit einem Diener bei mir vor. Wie siezten uns natürlich, aber das ist normal. Er wollte unbedingt in Deutschland bleiben, deshalb hatte er sich falsche Papiere besorgt. Mit anderen Worten, er war bereits in jungen Jahren schon kriminell. Das hatte ich mir damals schon so gedacht. Er sah als Säugling schon so aus.
Ich hatte mittlerweile nicht mehr den Nerv, immer nur Männer, sogar wenn sie mit mir verwandt waren, abzulehnen. Ich hatte sogar seit dem Afrika-Urlaub eine veränderte Lebensweise angenommen. Ich hatte, ohne es selbst deutlich zu merken, angefangen, Männer zu akzeptieren! Was war mit mir geschehen? Ich konnte es nur so erklären, ich war verrückt geworden. Aber mir gefiel dieses etwas Verrückte ganz gut. Ich merkte, wenn frau lächelt, bekommt sie schneller, was sie braucht. Aha! Das war es! Ich war noch professioneller geworden! Daß frau mich nicht falsch versteht, ich hatte mit fortschreitendem Alter nur angefangen, mir die Anlehnung an eine Männerwelt zunutze zu machen! Aber sonst war ich die alte, ich kann diese Stehpisser einfach nicht ausstehen! Akzeptieren, ja! Leiden – auf keinen Fall!

Mein Sohn ging mir allerdings nach ein paar Tagen ziemlich auf den Wecker, also verpfiff ich ihn an die Ausländerbehörde. Als er denen daraufhin erklärte, daß ich seine Mutter sei, stellte ich mich doof. Es gab keinerlei Beweise dafür. Also mußte er ausreisen. Was will frau machen, er tat mir irgendwie leid. Oder lieber doch nicht. Beim Arbeitsamt sagten sie mir, ich wäre jetzt nicht mehr so jung, aber die Chancen, in meinem Beruf als Wirtschaftslehrerin unterzukommen, wären sehr gut, denn es fehlte dort geeignetes, erfahrenes Personal. Scheiße, also konnte ich erst mal auf Arbeitslosenkohle verzichten, denn ich hatte mir bei der alten Stelle kündigen lassen, wegen dem Afrikaurlaub. Also machte ich auf krank. Ich markierte ein imaginäres Beinleiden, ich hatte etwas mit dem Meniskus. Ich hatte wirklich Schwierigkeiten beim Reiten und Tennis. Doch diese Hobbys wollte ich nicht aufgeben. Meine Tennislehrerin war eine bekannte Koriphäe in der Tenniswelt. Von ihr lernte ich verschiedene Tricks, vor allem aber, wie frau Männern, die auch mal spielen wollen, mit einem gut gezielten Schlag mit einem präparierten Tennisball an den Kopf oder in die Magenkuhle das Tennisspielen für immer vermiest. Mit einem mit einem Stahlkörper gefüllten Tennisball. Doch mein Tennisarm wuchs und wuchs. Auch diesen Sport konnte ich nicht mehr lange ausführen, mir blieb einzig und allein Reiten. Doch Mokka ohne Sattel reiten, das war einfach das schönste Erlebnis für mich. Ein Wallach, übrigens die einzige Art und Weise, wie frau Männer ertragen kann. Ein Wallach benimmt sich ordentlich, er hört zu, und er trägt frau überallhin. Ist das was? Heute, wenn ich mal in der Frauenklasse des Fraueninstituts Unterricht gebe, fühle ich mich an vielen Erfahrungen reicher. Es sind Erfahrungen, die jede frau machen muß, dann kann sie später

auf ein ausgefülltes Frauenleben zurückschauen. Ich habe noch einige Jahre vor mir.
Vielleicht gibt es später mal Pillen, die das Leben um das Doppelte verlängern, ich würde davon sicherlich auch ein paar einwerfen, denn ich liebe das Leben, ich liebe auch die Diskrepanz. Was wäre ein richtiges Frauenleben ohne den Ärger über den Mann, über die unfertige Natur? Muß frau sich nicht freuen, sich ärgern zu dürfen? Kann sie auch dadurch eventuell Spaß haben? Ja, sie kann. Nur wer sich richtig ärgern kann, hat auch richtig Spaß. Ich habe Spaß. Wenn ich morgens über den Markt schreite und die Müllmänner bei der Arbeit sehe, schreite ich nichts anderes ab, als meine Kompanie der Geächteten. Wenn ich mein Auto reparieren lasse von einem KFZ-Mechaniker, bezahle ich dafür Geld, bekomme aber ein intaktes Auto zurück und jede Menge Haß, den ich sammele und bei Gelegenheit loslasse. Nicht nur zum Spaß, nein, ich lebe davon.
Ich bin eine Emanze, und das soll sich die Männerwelt mal ganz dick hinter die Löffel schreiben: Helga Maria Schneider läßt nichts durchgehen. Ich glaube, ich könnte gar nicht mehr verheiratet sein, der Typ hätte überhaupt keinerlei Möglichkeit, mit mir überhaupt eine Hochzeit oder so zu feiern, ich spreche nicht mit Männern. Jetzt nämlich gar nicht mehr. Dieses Buch ist eine Erklärung dafür. Ich hoffe, ich habe mich unmißverständlich ausgedrückt! Und, meine Herren, falls das jemand von euch Scheiß-Jaucheschwengelstrategen in die Fut-Finger bekommt, ihr seid euch ja wohl darüber im klaren, erstens, daß ich nicht die einzige bin, die so denkt, und zweitens, daß ihr ja wohl ab sofort einpakken könnt, klar?! Also, in diesem Sinne, meine Freundin-

intakter
Motor!

nen, möchte ich mit den Worten: Paß bloß auf, du! eigentlich das Büchlein beenden. Aber ich hätte noch so viel zu sagen. Ich schreie es aus mir heraus! Ich berste vor Ohnmacht und Wut über diese Scheißgesellschaft! Und ich gehöre trotzdem dazu! Diese schockierende Einsicht habe ich nicht jetzt erst erfahren, ich habe es schon ziemlich früh bemerkt, als ich noch zur Gemeinschaftsschule ging. Dort war die Lehrerin. Sie gab den Unterricht. Der Rektor aber war ein Mann. Warum? Früher war es eben so, da hatten die Männer praktisch die Frau erfunden, damit er sie besteigen kann, wann er will. Die Frau machte mit, sie bekam einen schönen Job von ihm. Als die Kinder kamen, ging er arbeiten, angeblich um die Mäuler zu stopfen. Aber was stopfte er denn wirklich? Genau! Er ging zur nächsten, dort sein Gebiet abstecken! So begegnete er irgendwann mal einem anderen Männchen, der das gleiche vorhatte. Es gab Krieg, und schon wieder brauchte man die Frau, zum Wegputzen der Kriegsgerümpel. Sie war wieder mal beschäftigt. Leben jedoch tat der Mann. So soll es niemals mehr sein. Deshalb kämpft um jeden Quadratmeter Küche! Und versucht, auch im Wohnzimmer die Oberhand zu behalten. Ich selbst habe es mir einfacher gemacht. Ich habe den Mann abgeschafft.

Da fällt mir ein, wo ist eigentlich mein Personalausweis? Ach du Scheiße, verloren! Jetzt bin ich plötzlich ohne Identität! Wie soll ich da in diesem Land hier weiterleben? Ich fliehe.

(So, und jetzt, kurz nach Beendigung meines Berichtes, setze ich mich einfach mal in ein fernes Land auf der anderen Seite des Globus ab.) Ich ging im September noch an Deck eines Frachters, der gen Südamerika schipperte. Blinde Passagierin! Was für eine Herausforderung! Die Sterne bildeten ihre Sternbilder. Auf hoher See ist die Luft immer klar. Der große Wagen war sehr gut zu erkennen. Ich dachte bei mir, vielleicht kann ich ja in Südamerika eine Ahjurwedha-Kur machen. Oder beim Karneval in Rio Halbnackten in den Popo kneifen. Ich freute mich auf dieses Land. Viel hatte ich schon gehört. Ich hatte auch gehört, daß frau dort Indianer kennenlernen kann. Ich hatte Karl May gelesen als kleines Mädchen, fand den zwar total Scheiße als Schriftsteller, obwohl alles sehr gut beschrieben war und so, aber daß der angeblich schwul war, und das im Mittelalter, imponierte mir. Sein Freund hieß glaube ich Winnetou Eins, oder Zwei, ich weiß es nicht. Solche Leute wollte ich in Südamerika treffen. In den Kordilleren war das anscheinend möglich, frau sagt ja auch: (Karl May, Durch die Kordilleren!) Ich träumte jede Nacht bei der Überfahrt, ein stämmiger Brasilianer dringt in mich ein. Schweißgebadet wachte ich dann immer auf und guckte herum, ob ich auch wirklich allein war. Dann träumte ich, ich würde eine grüne Strumpfhose verkaufen, der Käufer würde aber für eine graue Strumpfhose bezahlen, obwohl die genauso viel kostete.

Am Morgen des 22. Oktober war Land in Sicht. Ich hatte mich während der ganzen Seereise unsichtbar auf dem Oberdeck versteckt gehalten. Nur nachts schlich ich durch das Schiff und versuchte, etwas Eßbares aufzutreiben. Es handelte sich um ein Handelsschiff mit panamesischer Flagge. Die Besatzung bestand, soweit ich es erkennen konnte, aus dem Kapitän und mehreren Matrosen. Allesamt Männer. Klar, im Schiffahrtswesen war frau noch nicht soweit. Das Schwierigste, nämlich ungesehen an Land zu kommen, lag nun vor mir. Es mußte wohl sein, ich bereitete mich darauf vor, ins kalte Hafenbecken zu springen, am besten zur landabgewandten Seite. Da lag sie nun vor mir, die Stadt, in der ich auch in meinen kühnsten Träumen niemals gewagt hätte, die Füße auf den Asphalt zu setzen: Buenos Aires!

Wenn ich mir heute überlege, was ich riskiert habe, es war Wahnsinn. Nun gut, in einem unbeobachteten Augenblick verließ ich meinen Tauhaufen, robbte über Deck und schwang mich über die Reling. Oh, wie kalt war das Wasser, ich hatte mir eine völlig falsche Vorstellung davon gemacht. Mit blaugefrorenen, tauben Gliedern kam ich nach einer Schwimmzeit von fast einer Stunde am etwas entfernt gelegenen Seitenarm des Rio de la Plata an. Triefend watete ich an Land. Selig, endlich festen Boden unter den Füßen zu haben, und gleichsam ausgebrannt vor innerer Waidwundheit, denn jetzt erst hatte ich begriffen, daß ich heimatlos geworden war. Durch einen lächerlichen Vorfall, um es noch einmal zu erwähnen, denn, wie ich nachher hörte, ist es gar nicht so schlimm, seinen Ausweis zu verlieren. Wie soll ich in einem mir unbekannten Land, in dem ich keinerlei Menschen kannte, in dem ich sicherlich große Schwierigkeiten bekäme, wenn ich ohne Ausweis aufgegriffen würde, ohne Geld, wie würde ich überleben können? Ich glaube, darüber machte ich mir eigentlich wenig Sorgen. Denn ich war immerhin eine Frau. Einer Frau fällt immer etwas ein. Dieser Satz hatte mich seit frühester Kindheit geprägt. Schon damals, als ich in der Schule Probleme hatte, bemerkte ich, daß, wenn ich meine weiblichen Reize einsetze, der Lehrer die Zensuren mindestens um einen Punkt verbesserte auf dem Zeugnis. Und dann zeigte ich meinen Klassenlehrer einfach an, wegen sexueller Nötigung. Er konnte nichts dagegen machen, keiner glaubte ihm, daß er mich nicht angefaßt hatte! Eine meiner einfachsten Übungen. Viele mußten gehen. Sie waren es selber schuld, oder soll ich sagen: ihre Eltern waren schuld, schuld, eine männliche Person in ihrem Hause großgezogen und am Ende auch noch unterstützt zu haben, eine pädagogische Ausbildung abgeschlossen zu haben, um dann nichts anderes zu werden, als Lehrer an einer Mädchenschule? Ich werde mein Leben leben, um Klarheit zu schaffen, ich werde niemals aufgeben, die Ungerechtigkeit, die an der weiblichen Kreatur begangen wird, zu rächen. Ich werde vor keiner Gewalt scheuen. Ich werde aber auch dabei immer ganz Frau sein, werde Vorbild sein für jüngere Frauen, damit sich langsam die Welt verändert. Ja, ich will die Welt verändern. Ich, Frau. »Eine Rose ist eine Rose ist eine Rose!« Wie schön dieser Satz zu mir paßt. Selbst als ich geschunden an Land ging, in einem mir unbekannten Land, in Argentinien, war ich doch die Rose geblieben, die ich immer war. Wenn mich jetzt meine Freundinnen sehen könnten, wie stolz ich da in der tosenden Brandung stand und noch einmal zum Schiff zurückblickte, ach, ich würde alles darum geben,

Entspannung nach der harten Arbeit als Buch-Schreiberin.

hiervon ein Foto zu besitzen. Schade. Es hat nicht sollen sein. Unternehmungslustig stapfte ich durch den Schotter. Dann bog ich in einen kleinen Weg ein, der geradezu direkt in den Urwald zu gehen schien. Papageien schwirrten bereits durch die Luft. Ein herrliches Aroma stieg aus der Erde auf, die über und über mit Farnkraut bedeckt war. Gummibäume breiteten ihre fetten Blätter über mir aus. Ein neues, unabhängiges Leben begann.

Eventuell in Kürze:

• der Film zum Buch

• die Schallplatte zum Buch

• das Buch zum Film zum Buch

• der Pullover zur Schallplatte zum Buch (nur Strickanleitung)

und

• der Gang an die Börse